地球上
最后的夜晚

小说界文库
第二辑

《小说界》编辑部
编

上海文艺
出版社

目 录

华特餐厅

周洁茹

周洁茹　江苏常州人，著有长篇小说《中国娃娃》《小妖的网》，小说集《小故事》《美丽阁》等。中国作家协会会员。现居美国洛杉矶。

我在预约的时间到达华特餐厅，一分不差。

七点四十五分，周小姐，两位，我对站在门口的接待员说。穿荷叶边围裙的接待员在预约名单里找了起来。我望了一眼餐厅里面，很多空位。

七点四十五分周小姐两位，她重复了一遍。

是的，我说。

请在外面等一会儿，她说。

我看着她。

准备好了会叫你的，她又说。

我又望了一眼餐厅里面，空荡荡的桌椅，似乎没什么要准备的。

但我还是点了点头，站到了远处。因为餐厅的外面是一个升降电梯，一条长廊，不站远一点，好像也没有地方可以站。

这是一个高级餐厅，我又跟自己重复了一遍。为了请刘芸，我挑选的是我能够达到的最高级的餐厅。

“柔和的米白色墙身配上深木色装潢、闪亮的黄铜装饰和华丽的古典吊灯，典雅大方，最适合大宴亲朋，一起舒适写意地享受开胃小菜和亲切周到的服务，更可以透过玻璃窗欣赏园林景致，眺望南中国海的动人景色。”

这个餐厅在网上的介绍就是这样的。

“精心烹调的西冷牛扒配鲜菜、慢煮牛仔柳蛋扁意粉、诱人的扒波士顿龙虾……在昔日维多利亚时代的浪漫气氛中细尝滋味菜肴并向传奇人物华特先生致敬。”

我真是迫不及待地想要跟刘芸一起分享这个时光。我都能够想象得出来，她坐在我的对面，心花怒放的样子。

七点五十五分，荷叶边接待示意我可以进去了。

我赶紧入了座，闪亮的黄铜装饰，华丽的古典吊灯，一切都很对。

我给刘芸的时间是八点整，我的提早示意了我的重视，而且我要请的是龙虾。

我想吃蛇、青蛙和龙虾，刘芸是这么说的。回国的前一天，她把这一句发在了她的朋友圈。

我说我请龙虾。蛇和青蛙我也不知道哪里有。

除了我，没有一个同学回应她。我起先以为真是没有同学回应她，后来才想起来，是我自己没有任何一个同学的微信。他们回不回应她，请不请她吃龙虾、蛇或者青蛙，我是真的不知道。

我也好久不去同学会了。上一次已经是十年之前，这十年之间，同学们开不开会，探不探老师，我也不知道，我假设他们一直在开会也一直在探老师，我不在，因为我肯定是一个阿珠或者阿花。电影《阿珠阿花的同学会》，没有工作也没有丈夫的阿珠和阿花，每天晃来晃去，为了去同学会，她们穿上了职业套装。编剧为什么要编这个剧，我是这么想的，所有的编剧都曾经是个废柴，受尽校园欺凌，所以他们才能够成为编剧，或者成为作家。

十年之前的那个同学会，我也穿了件职业的黑西装。

八点零五分了，刘芸还没有到。

我把菜单看了三遍。每一道菜都在四百元以上，但是这是一个套餐，有头盘，色拉或汤，一个主菜，配菜和酱汁都有六个选择，而且，加多48元就可以得到一份甜品，Supplement $48 to Enjoy Dessert。

我给自己要了一份最便宜的是日海鲜，羊排的价格一样，但是海鲜肯定看起来更高级一点。刘芸，当然，我给她要的是龙虾，菜单上最贵的那一个，波士顿的龙虾，五百元。

田园色拉或者龙虾汤，不是奶油汤不是红菜汤，是龙虾汤，我注意到了这一点，毫不犹豫地给自己要了汤，海鲜配龙虾汤，太高级了。

我也要了甜品，一个香草冰淇淋，给刘芸的，只要加48元。

汤马上来了，南瓜色的汤面，一道高贵的白奶油花纹，是一碗真正的龙虾汤。可是我想的是刘芸不能再要龙虾汤了，她已经有了一个龙虾主菜，她得用田园色拉去配那个龙虾，要不然就太土了。

可是刘芸还没有到，我得请服务员推迟刘芸的菜。我的手足足举了三分钟，服务员送来了头盘，我顺便提出了我的这一个要求。

雅致的维多利亚风格。望着服务员的背，我又想了一遍这个网上的句子，然后我用英文念出了这个词，Victorian，我的脑子里浮现出了更多的三个字，蕾丝边，蛋糕裙，泡泡袖。

我应该穿得好一点的，可是我没有。我想过穿一套职业女装，好像一放工就赶来餐厅的样子，可是没有，我穿了一件大衬衫，可以盖住肚子上的肉的那种，但我拎了我最好的包包，十年来这个包包都没有走样。

八点十五分了，刘芸还没到。旁桌的客人落座了，一对年轻夫妇带着一个儿童。他们要的也是龙虾，还有牛扒，甚至给小孩也要了一份牛扒，还是肉眼扒。

我突然担心刘芸的龙虾，我又举起了我的手，我想的是请服务员暂停煮她的龙虾。

服务员一直没有来,我只好放下了手。我专注我的头盘，一碟淡牛油和一个，面包？我把它转了个个儿，肯定了它是一个面包，只不过是做成了 Muffin 的形状。

面包的滋味，不可思议。

主菜也不可思议地来了，一块正方形，白色，我猜不出来它是什么鱼，我甚至猜不出来它是海里的鱼还是湖里的鱼。配菜是芦笋，我也有十年没有吃到芦笋了，我记忆里的芦笋还是绿油油很粗壮的样子，与面前的三根有很大的出入。但我也是绝对不会要炸薯条或者焗薯做配菜的，太粗鲁了，只可以去配牛扒，同样粗鲁的红酒汁或者黑椒汁，又蛮荒又西部的时代,如同今天的土豪。我对自己说是因为季节，因为在香港，这就是芦笋现在的样子。

旁桌的客人正在试酒，然后他们果断地要了一瓶红酒，一整瓶。我想也许我也应该看一眼酒单，如果只是一杯气泡酒,只要一杯,为刘芸,也还在我的预算内的。我只是想想的。

刘芸的电话来了，她说她现在餐厅外面，但是找不到餐厅的门，我马上从膝盖上拿下了餐巾，站了起来。

然后我把包包和一切留在座位上，走出去找刘芸。

我们在餐厅的大门口拥抱了一下，我感觉到刘芸的肚子很硬，而且她也跟我一样，穿了一件棉质衬衫，衬衫的下摆遮住了我们的肚子。

回到座位，一位荷叶边服务员正站在我们的桌子旁边，古典吊灯下看不太分明她的表情。可以上菜了。我趁机说，可以上菜了，谢谢。

刘芸完全没有碰她的头盘，那个 Muffin？或者面包？于是她的那朵牛油花也没有坏掉。

好累啊！这是刘芸落座后的第一句话。然后她喝了一口水。

这才叫水，这是刘芸的第二句话。她是这么说的，这些天我就没喝过一口好水。

我看了一眼水杯，我喝不出来水的好坏，餐厅们都往水里放柠檬，所有的水就都一样了。

这水，好吗？我情不自禁地说。

好啊。刘芸说，回来这几天，我连一杯好水都没喝上。

我突然想到我们可以不用叫酒了，我们甚至不用叫咖啡或茶，我们就喝这个水好了，水是免费的。我就把已经到舌尖的那一句“香港的水也是内地过来的”生生咽了下去。

这是什么？刘芸指了指我的鱼的旁边，一个红色的包包。

不知道啊。我说，就是个装饰吧。然后我把那个红包包切开了，果然是个装饰，我甚至看不出来它的材质，蕃茄？或者就是染红了的豆腐皮包包？我不知道。

刘芸的主菜恰如其分地来了，一份，波士顿龙虾。配菜当然也是芦笋，尺寸和件数都是一致的，一个批次。

刘芸拿出手机拍那个龙虾。我看着她。

谢谢你啊，刘芸说。一边转动盘子，又拍了几张。我看着她。

你有吃到青蛙和蛇吗？我问。

没，刘芸干脆地说。

为什么？我说。

她不说话。继续地拍那个龙虾。

以前住波士顿的时候龙虾是最便宜的。我说，中国馆子各种做啊葱姜炒啊蛋黄焗啊避风塘啊还有四川水煮的……

你来香港有十年了吧，刘芸说。

十年了，我说。我把那一句“龙虾出了波士顿就要五百呢”生生咽了回去。

刘芸开始切那个龙虾，揪出一团白肉，并不比我的鱼大多少。然后她叉了一根芦笋。

我也觉得配菜里有个炒杂菌挺奇怪的。我说，那不就是 brunch 了嘛，还培根煎蛋配吐司呢。我假笑了一声。

刘芸默不作声地叉了第二根芦笋。说实在的，那些芦笋真的比她还瘦。

我注意到旁桌真是用炸薯条配牛扒！而且真的是那种细条儿的薯条，而且他们的红酒也真的喝掉了半瓶。

实际上我想的是我干吗不要牛扒呢，我不要那种跟龙虾同价的肉眼扒我要个最平的牛肩扒啊，八安士呢，只比精选海鲜多二十块钱，至少我能吃饱啊，我真是为了我的虚荣付出了代价。

我可以再看一眼菜单吗？刘芸说，再叫个主食吧。她是这么说的，没吃饱。

我的手又举了三分钟，然后，我也不知道我是怎么想的，我自己去餐厅门口拿了一份餐单回来。旁桌喝着红酒锯着牛扒的夫妇还有儿童肯定看我了，我也不是要生气，我对服务员不生气，我对餐厅不生气，我当然也不是要对刘芸生气，刘芸是我这一生最重要的朋友，不仅仅是同学，她也是我唯一的朋友，就好像阿珠与阿花，阿花与阿珠一样。

刘芸要了一份大虾带子龙虾汁 Spaghetti，两百块，只是一堆 Spaghetti，也许 Spaghetti 上面放一只虾和一个带子，龙虾汁，她可真是喜欢龙虾。

旁桌也要了一份，还要多了一份炸，薯，条！

现在的人为什么这么有钱呢？他们还这么年轻。我不知道。

Spaghetti 剩下了，龙虾汁浸过的 Spaghetti，一团，剩下了。我看着那团古怪颜色的意大利面被收走。

没吃完。刘芸抱歉地说，龙虾汁的面吃起来真的怪怪的。

是啊是啊。我连声附和，肯定不好吃。

没有人请你吃蛇和青蛙吗？我又追问了一句。

没有。刘芸干脆地答，反正我也不是真的想吃。

那你为什么要在朋友圈说呢。我说，我还以为这是你最大的愿望。

这是我最大的愿望，刘芸说。

我老公都没有请我吃过龙虾，一次都没有。刘芸平静地说，我的好朋友请我吃了。

我都不知道我为什么要羞愧地低下头。

不就是只龙虾？我也不知道为什么要有点结巴，在波波波士顿很很很便宜的。

刘芸笑了一笑。

你这次回来见到哪个同学了吗？我问。

没，刘芸答。

那你这次回来，去看老师了吗？我问。

没，刘芸答。

有十年了吧。我说，我后来也再没有去过，同学聚会，还有老师家。

刘芸笑了一笑。

就像阿珠与阿花。十年前跟着同学们去老师的家，老师堆满书的书桌玻璃板下面压着很多张金色名片。做到银行的行长了呢，做到主任医师了呢，公司上市了呢，找的丈夫都是博士呢……老师眼眶湿润，为你们每一个人的努力感到骄傲。

没有工作的阿花冲着没有丈夫的阿珠使了个眼色，阿珠笑了一笑。

我没有时间。刘芸说，我没有去老师家的时间，我更没有去同学会的时间，我只是回来看一下爸妈，我只有这个时间。

时间这种东西，我说，挤一挤总是有的。

我把自己一分为二。刘芸说，一半给小孩，一半给爸妈，一半给孩子的又再分一半，四分之一给老大，四分之一给老二，分来分去，不想让孩子说我不公平。

你都没有分一点给你老公，我说。

如果他能多分一点自己给小孩，刘芸说，我就不会分得这么累。

我倒是想分一点给你啊，我说，可是我也早被分掉了，我都没分给自己。

刘芸笑了一笑，你请我吃龙虾啊。

这是必须的。我说，又不是天天吃，难得吃一次。又是你第一次来香港转机。

孩子大一点了，我要开始找工作。刘芸说，希望多赚点钱，让父母安心欣慰。

对啊对啊。我说，生小孩带小孩生第二个小孩带第二个小孩也有十年了吧，是应该出来工作了。早就应该这么想了。

可是我没有时间了。刘芸说，查出来肿瘤，肠胃上面的，不是很好。

还有甜品呢。我说，冰淇淋，香草的。我也不知道我为什么要这么说。

回去进一步检查，该手术手术，该怎么疗怎么疗。刘芸说，入院前见一下父母，所以突然回来。

“转身就是永别”，我想起这一句，刘芸发在朋友圈的，发完“我想吃蛇、青蛙和龙虾”后她又发了这么一句，我理解为她是感叹父母们的年老多病，转身离别。我的方向有点错了。我们也四十岁了，我们自己的离别，好像也开始了。

我的手举到第几个三分钟，我不记得了。跟生老病死比起来，迟迟不来的甜品也不算什么。

不要了。刘芸说，不吃了，我真的不能吃，每一口都痛。

要！我坚持，要吃！说实在的，她是胃痛，我是心痛。心会不会痛？如果一餐饭吃掉一千五百块，维多利亚式香港服务又是这个样子，谁的心都会痛的。

冰淇淋上桌的时候已经有点融化了。刘芸没有吃，我也没有吃，也不知道我为什么要跟一份冰淇淋赌气，又不是免费的，都是钱。

旁桌也要了冰淇淋，而且是三份，他们的酒都没喝完。我真的有点恨我自己了，我老是去管别人，为什么啊，我自己都顾不上自己。

我们都被时间打败了，站在华特餐厅的门口，刘芸对我说。

我正在等餐厅打单给我，实际上我也不知道我为什么要他们的单，我又没有地方可以报销。

也没有什么永远。我接过餐厅急急忙忙打印出来的单，说，都是一个瞬间。

刘芸笑了一笑。

坐在深夜的巴士上，我突然想起来，还有一份色拉没上！田园色拉，如果单点，那份色拉要八十块呢。我在要不要回去问他们要那份色拉的问题上来回想了好几遍，还是放弃了。我的心真的痛了。

云台号

俞冰夏

俞冰夏　杂志编辑、译者、小说作者。现居上海。
擅长半途而废，厌恶自我描述。

我是在云台上偶然遇见他的。这几年我已经很少上云台了，过去的朋友们纷纷离开这里，逐渐地，也就再没人邀请我上云台吞云吐雾，仰望星际，骂骂咧咧，俯视当下。如今送客的可以包机送到飞船舱口，还来酒吧的除了观光客，大约也就是我这样间歇性突发怀旧的人。

他一个人坐在吧台上，对着瓶子吹着瓶便宜啤酒。我想大约莫，他是五年前走的？还是三年前？总之看到他让我有种恍若隔世感。所以应当是有些年数了。可能比五年还要更久一些。他看起来倒跟过去没什么大不相同，黑了一些。那里的气候跟这里不同，人到那都会蜕一层皮，再新长一层。才七点不到，店里还没几个顾客，吧台上更只有他一个人。他看起来像在思考什么问题，因此完全没注意到我在他旁边的位子上坐下。我拍了拍他，他忽然像从某个梦里醒过来一般。他激动地与我拥抱。不瞒你说，我也一样激动。拥抱结束的时候我们都发现对方眼角里藏着几颗泪水，但没人提起，也没人好意思擦，只能让眼泪干在原处了事。

回来一程很不容易，离开的人很少有回来的。一程要费上整整 19 个地球月，更不用说票价的问题。去的人都是奔着回头无岸而去的，我想不可逆转总给人制服后悔的力量。过去我们在云台为某个友人送别的时候总含着永别的激情与泪水，后来走的人越来越多，眼泪也变得廉价。

他跟我差不多年纪，快四十，更年轻的时候长相算得上英俊，自给自足，无需也不要求旁人佐证的那种，大概因为人生顺风顺水,总是那种迷迷糊糊半走神的样子。说实话，无论经济还是长相条件都算得上招人嫉妒，但从来不是任何社交场合的主导人物，是你容易忘记自己认识的那类人。送他走的那天我们也在这酒吧，我只记得那是个污风吹得肆无忌惮的夜晚，能见度几乎为零，有个不知道算不算得上是他女朋友的女孩哭得稀里哗啦。后来我们把他和那女孩送到云台隔壁的候飞酒店，所有第二天凌晨启程的人都喜欢在那住一夜，有专门的摆渡直升机会从酒店屋顶把他们带到飘浮在酒店上空三公里位于云层中的飞船上——那是这城市的制高点。

云台酒吧的美名也就来自于此。这酒吧当然不叫云台，那是云台号计划和云台星集团的注册商标，不能随便用，但所有人都把这叫云台酒吧，把来这喝酒叫上云台，有点上断头台的意思。在这喝一整个晚上，你就能赶上真正最后的道别，可以从酒吧这头的落地窗朝直升机里的亲朋好友挥手。

他走的那天没挽留我们，酒局刚过午夜就结束了，看得出来大家都有些扫兴，觉得冒着眼耳鼻堵塞的危险来了，却没能喝到痛快。每次上云台参加酒局，我们这些剩下的人心里都怀着难以描述的伤感，对离开的朋友多少有点介于妒忌与埋怨之间的感受，只有喝多了才能一吐为快或者一吐为快，给我们留守人士脆弱不安的心灵提供点慰藉。再后来酒局无论如何都组不成了。倒也省了几滴眼泪。

我在脑子里粗粗算了一下，来回要 38 个月，也就是说他在那待的时间有可能还没花在路上的多。这是很罕见的。现如今回来的人也不是说一个都没有，大多是在那干什么大事业，出于生意需要回来招兵买马。这样的人我只在新闻里看到过，谈起旅程一副苦不堪言的样子——毕竟谁也不想坐 19 个月的飞船。但你能看得出来那样的人不是真在抱怨，究竟坐的是头等舱位，食材全是云台星肥沃的土壤种植或者养殖的，要什么服务有什么，论奢侈程度不用说地球上，恐怕云台星上也没哪里能比。

“我要问了，”我说，“你怎么那么快又回来了？我还记得送你走的那天呢，根本没多久以前啊。”事实上我记不得那具体是哪天，也记不得是多久以前，三年，五年，还是七年。我意识到不管是三年，五年，还是七年间，我几乎没想起过他。这让我多少有点内疚。

“唉，”他摇摇头，“我要从哪里讲起呢。我说出来，你恐怕也未必能相信。”

“你说吧，”我倒是好奇了，“我有的是时间。我们还在这待着的人多的是时间。究竟都是些等死的人。”我说完有点不好意思。没有比这更陈词滥调的话。

“怕是一天一夜都讲不完，”他喝了口酒，脸上的表情却好像啤酒瓶里装的是毒药，“其实我一个小时前刚下船，想来这里看看还有没有认识的人。我怕是来早了点吧，这里都没几个人。以前这个点这地方早人声鼎沸了。”

“这地方跟以前可是不能比，”我说，“现在不时兴来这送客，一般都直接包直升机飞到舱口，空中送客。像我们以前那种没事也在这喝的就更少了。不瞒你说，我已经有大半年没来过这里了。今天你能碰到我纯属巧合，我正好在附近有事，渴了来喝一杯。”这不是事实，从突然怀旧鼻头一酸的地方到这里，我开了有半小时的车。

“那是，那是，人都走得差不多了。”他说完愣了一下，好像回到了之前的梦里。

“你在那跟他们该是还联系吧？你们在那边不聚着喝？”我尝试活跃一下气氛。我不能想象在密闭空间里待一年半载是什么感受。我这人胆小,也因为这个反而安于现状,对自己期待不高。

他没接我的话，而是盯着啤酒瓶子看了一会，仿佛才意识到酒瓶已经空了。我叫来酒保，让他给我们上一个大木桶的啤酒。过去我们这圈朋友聚在一起，不喝完那么七八个木桶不能算是出来一趟。

他看到木桶有点高兴。又一杯啤酒下肚以后，他看起来准备好讲他的故事。我万万没想到他说出口的第一句话却是:“我快死了。”

“我快死了,”他说，“我不知道怎么跟你解释。但反正我快死了。我想了又想,觉得还是希望死在这里而不是那里。死在那里到底不太合适，像个很傻的冷笑话，我不想成为个笑话。那里到底还没人死呢，一个也没。肯定会是大新闻。所以我就买了张票回来。这倒没什么，人应该死的。那里的人对这个很忌讳，不愿意谈。大家都是为了不死而去的，知道没有后悔药。有些人有别的原因。我自己就是这样。我不是为了那个去的。很奇怪，我走的那天你们也没人问我为什么要去，毕竟我跟他们大多数人还不太一样，我自己这么觉得。虽然这里有这样那样的问题，但我以前倒也没有很强烈的过不下去的感觉。可能我这人过去过得麻木不仁吧。

“你是少数一直很坚定说不走也确实不走的人。很多人说不走，最后还是走了，走得比那些一直说走却不走的人还要坚决。他们走的时候举理由都言之凿凿，说这里不但看起来、闻上去都像个垃圾场，还就是个垃圾场，说在这里不管活着还是死了都一样，生为垃圾死为垃圾，不管怎么洗澡身上总归都是股垃圾味道，最后总说希望自己的儿子女儿别继续当垃圾了，等等，都是这类仿佛经过了严肃思考、富有远见的原因。

“后来我才明白那些理由都是假的，或者至少不是表面上的意思。大家都是江湖落魄之人,走投无路而已。比如我，我自己走的原因很简单，我欠了一大笔赌债。讲起来很愚蠢。我那时候开广告公司，你知道，生意不错。不但生意不错，也交到了很多朋友，你也是我的客户吧，我们是这样认识的，以前在这喝酒的很多都是我的客户。我生意头脑还是有一些，毕竟家里都是做生意的。我父母很早就走了，不是那种走，是死了。他们开代工工厂，活得太累了，成天忙忙碌碌大喊大叫，伤脾气，我二十出头的时候两年之内他们相继生了肝癌死了，留给了我点钱。这辈子我要是不折腾在这里到死也够花了。我以前大概没跟你讲过这些。你们那时候以为我很能干，开玩笑叫我‘广告狂人’什么的，但我以前有的那点成就如果不是因为我父母留给我的钱，恐怕我自己是没办法做到的，差得远，这我心里很清楚，所以一直觉得，怎么说，自己活得挺虚的吧。不管做什么心里都空荡荡。后来有段时间爱上了赌博，想从赌桌上找到点自己的价值，大概。水平差又爱赌，我就是这种人。一下子把手里所有的钱都欠进去了。我走其实是为了赖账。像我这样的情况我上了船就发现绝不在少数。与其说大家去那是为了追求什么干干净净的新生活，倒不如说是为了逃旧世界的难。稍微聊几句，你就会发现没碰到事，只是为了什么殖民梦而决定去的反而不多。你一个温室里的书生，不一定明白这个。”

“我大概是不明白吧，”我寒颤地笑笑，心里有点不是滋味，“不过先等等，你说你快死了是怎么回事？你看起来跟以前完全没区别，可能皮肤黑了还健康了点。年龄，倒确实不像他们说的会冻住。你看起来比过去还是老了几岁。我毕竟没去过那，对那边不那么了解。我以为去了就基本等于不会死了，至少从我们这的角度看。”啤酒劲头正上来，我没等他说话又加了一句，“去了的朋友多半是失去联系了。毕竟发封邮件要一个半月才能收到，很少有人能保持这种频率的沟通。”话说出口我更觉得难堪。恐怕那些朋友早已忘了我的存在。酒吧里这时候亮起了模仿飞船内部的夜间灯光，客人比之前多了一些，都是些三三两两在拍照的游客和把这当约会地点的年轻情侣，没有哪桌有离别的气氛。今天天气难得晴朗，从吧台望出去能看到几架民用普通飞机缓慢开过，其中一架底下挂着“云台号”飞船重霾当中也能看见的荧光广告，在空气里显得非常刺眼。“云台号——牢牢把握你无限的未来”。最近的广告词是这一句，在民间广受耻笑。在大部分人看来（我本人对此感触更强），很少有比坐19个月的飞船去一颗时空概念与这里完全不同的人造殖民星更难牢牢把握的事。

“你有没有想过，”他不回答我的问题，“为什么我们这圈朋友对去那里特别有执念？我们这些人肯定谈不上是社会精英，但说实话，在这里也不缺什么。但我们这样的人却走得特别多。”

这我没有仔细想过。就算现在开始想，我也想不出为什么。我虽然很不喜欢他们纷纷离开，但一直被动接受他们提供的理由，也承认那些理由并无不妥之处。不死，究竟是相当吸引人的，这里到底不是什么追求健康的地方。何况只要你能负担云台号的巨额飞船票，每个人到那都能分到一块地和一份工作，就与我还有联系的人所说，那里的生活也许谈不上丰富，但安居乐业是最基本的。大家都很富足，且将会富足很长一段时间，永远富足。不仅富足，干劲也很足，毕竟那地方是块全新的肥沃土壤。早年去的一个朋友群发过一封邮件，标题像句诗一样："旧世界之犬儒烟消霾散"，至少把两三个人说服了。不瞒你说，我也稍稍动过心，终究被自己的懦弱和老父老母的坚决反对打败。

少有的抱怨都有关气候环境。"天总是那么蓝，"我的前女友写来过这么封信，"一天又比地球上的一天要长四倍，每一天都一模一样，几倍的一模一样。我有时候有点想念梅雨天呢。"她发来的还有一张穿着红色比基尼漂在湛蓝色的不知是海还是湖表面上的照片，她看起来像教科书一般的云台号广告，皮肤紧致，闪闪发光——冻龄显然相当吸引人，尤其是女人。那里的重力比这里小得多，人不需要憋气就能轻松漂浮在水面上，粉尘，如果有的话，也进入不了皮肤。

走路没有阻力，横过来就能躺在地面上方睡觉，所以如果你不是特别需要隐私或者生活质量的话，在那里根本不需要造什么房子。完全不同的纯天然的生活方式。也不会下雨，水汽只会和人一样飘浮在空中，但永远都比人高一些。我收到那封信的时候心情不佳，觉得她所谓的想念黄梅天完全是种幼稚的虚荣娇嗔，有点恼羞成怒，于是根本没回复她，也就这样彻底跟她断了联系。

“因为我们这样的人恐惧感特别强，”他显然并不是在等我的回应，“我上了船才意识到。中产阶级、小资产阶级焦虑还是什么的。我以前没怎么想过这些。刚开头没什么特别的，船上除了吃饭睡觉无事可做，每天看电影电视很快就腻了，游戏也没什么趣，剩下就是电子图书馆里的书，但我不太爱看书。我和几个普通舱里认识的人偶尔聚在一起打打牌下下棋，不赌钱的那种，很多孩子在旁边看着。普通舱地方局促，房间是四人一间的上下铺，公共区间就只有两条过道，样子很像几十年前那种学生宿舍。矛盾很快就来了，打牌的人和睡觉的人的矛盾啦，要从柜子里拿东西的人和坐在柜子前吃东西的人的矛盾啦，要把落地窗全打开看风景的和睡觉的时候不能有一丝光亮的人的矛盾啦，更不要提脚臭之类的问题。没过几个月普通舱里气氛就很紧张。和我一屋的一个中年男人也是一个人，他说自己打头炮，先去看看情况再把家人接过去——实际上我多多少少猜出来他跟我一样属于逃难的、贪污受贿之类，老婆似乎也跟别人跑了。我和他经常一起打牌喝酒，但说实话我并不喜欢他，还有点讨厌他。他的恐惧太深重了。他事先买了不少船上用的券，藏在各种地方，包括裤子夹层里，连电子券都信不过，说是怕电子设备坏了打不开。这人实际上坐二等舱绰绰有余，但很显然是只铁公鸡，一毛不拔，每天都对来发餐的服务员抱怨伙食如猪食，但从来没花过一张券加餐。我和他一起喝的酒都是我买的。他还时刻怕别人打他的主意，我也不知道他觉得别人在这种人挤人自然天眼的环境里能打出什么主意，但他总喜欢低着头四处打量，眼球在眼眶里溜，经常硬憋到一侧再斜过去看另一侧。这些我理解，毕竟他到底经历了什么事我虽然懒得问，但这种人格显然是官僚机构里训练了好几十年训练出来的，硬要说可怜也有点吧，可恨的成分还是多一点。虽然这样，这人跟很多其他人，比如我们屋里另两个眼睛时刻盯着屏幕一天也不说一句话的年轻人比起来还相对有意思一些。那两个人是结伴上的船，但他们之间也很少开口说话。

可能话都在屏幕里说，不想让我们听到。

“有一天那中年人消失了，第四个月的时候。大家到那时都有点麻木，有些人开始真真假假抑郁起来，整天睡觉，规定是如果三个24小时不进食的话是要进医务室的。去过的人都觉得医务室条件比普通舱好，至少环境新鲜，里面有个女医生还算漂亮，另外能拿到几片药，吃下去感觉多少舒服一点。但真能坚持72小时不吃不喝的人其实不多。我们屋里那两个年轻人试了几次都没成功。就是普通舱的票价你也知道，不便宜。能买得起票的在这里怎么说也都是过得舒舒服服的人。忽然来吃这个苦，谁也受不了。大家多少也是文明人，瞎胡闹的不是没有，闹过发现真是字面意义上无路可进也无路可退，后来找回了点理智也就不闹了。我们这船完全满员，想花钱升舱都不行。我们去之前都参加了一个礼拜的封闭适应训练，理论上知道怎么回事，但真过起来完全是两样的。哇哇大哭的不在少数。隔音基本不存在。大家都听得明明白白。一开始还尴尬,后来也习惯了。谁都逃不过。你这个时候就能看出来哪些人像我一样无路可逃孤注一掷，哪些是没想明白稀里糊涂上船的。稀里糊涂的那些其实还好一些，他们哭得起劲，哭完还是稀里糊涂。逃难的那些基本哭不出来，假装镇定，脑子里全是暴风雨。我自己就是这样。但我不能说，没法说，在这里说点什么整个普通舱两百多号人外加服务员和一开始偶尔后来经常来修东西的工程师不消一个小时就全知道了。工程师和服务员虽然住在二等舱，反而更喜欢来我们这里。参观动物园，他们私底下这么说的，后来也传遍了，变成了公开的笑话。工作人员一看都是家境不太好的，走路的姿态就算经过职业训练也还是大大咧咧改不了穷苦人的本色。他们原来的地位比普通舱里最差的那种把家当全卖了空手去的还差得远，但在船上比我们体面多了，穿着由专门机器烫好的制服，手里掌握着真正的特权，受贿的机会不计其数。他们来我们这用趾高气扬形容绝不为过。公用卫生间里马桶或者水龙头要是坏了，不给两三张券的小费工程师是懒得给你修的。到后来券也没什么用了，毕竟要等到岸才能兑换船上没的东西，大家耐心都不比以往。所以什么好点的金银首饰啊，皮具手表啊，慢慢都得拿出来。最好用的硬通货当然是色。普通舱里那几个稍微好看一点的女孩子对工程师施展的手段连我都觉得叹为观止，我以前可是成天跟广告模特打交道的。除了几个骂骂咧咧的老太太以外，也没人忌讳什么，二等舱甚至一等舱的饭食换来了，有时候她们还会高高兴兴跟大家分享。最流行的一句话是‘来日方长’，大家反正以后要在那里一起过很长很长的一辈子。今天一碗热乎乎的老火汤，谁知道以后能换来什么呢。

“我说跑题了，我要说的是，普通舱不是这里什么人都有的环境，你也知道云台是筛选人的，排名顺序首先要受过高等教育，其次是技术专长，最后据说看的是终生飞行里程数——飞机坐得越多的人忍耐力越强，估计是这个道理。这是一个女服务员告诉我的，真假不知道，对外当然说是抽签。所以你看，我们过去的朋友只要申请去基本没有不过的。换了平常地球上的经济舱，不到12个小时就会引起骚乱，普通人的忍耐力很有限，越苦越穷的人越耐不住，这跟我们一般想象的相反，大概因为忍耐是种纯静态的东西，某些环境里长大的人对静态缺乏理解。至少我坐的那班云台号的普通舱里有种极致的中产阶级克制。大部分人把时间都花在想办法维持自己原先的生活方式上，讲究吃的那些会用烧水的水壶搞个小火锅什么的。喜欢喝酒的，比如我，一开始可能还想着该节省点，毕竟我的经济状况在沉迷赌博之后很不乐观，到后来撒券买酒很少心疼。当然不管怎么试总是不可能的，但这尝试的过程好像给我们带来了点什么尊严感。我想是这样。

“说回来，那人消失我一开始根本没意识到。我那段时间昏昏沉沉，脑子里反复播放各种不堪回首的往事，有时候喝多了也闷在被子里哭。那人睡在我下铺，他在不在我看不到。是我对过上铺那个年轻人忽然说了句，咦，大叔好像不见了。我们三个一起琢磨了一下，至少有 36 个小时没看见他了，因为前一天的绿饭盒还放在他床头的小桌上。饭盒只有红绿两种颜色，为了分清楚间隔，内容也差不多就那么两种，大家都吃不太下，有时候得放个一天，真的饿了才勉强吞下去。无论如何这是离奇的状况，他能去哪里呢。下铺那个年轻人想了想，轻描淡写地说好像看到他在看张什么纸头，忽然蹿起来走了，至少 36 小时以前的事情了。这也说明我们三个至少 36 小时没出过房门。对那两个人来说这没什么奇怪的。我很少一整天不走动，这时候才意识到腿都有点发软。

“我说我去找找他吧，他们俩都没搭话，动也没动一动。他们对我还算客气，对那中年人非常鄙夷，他们之间少数用嘴的互动都跟抱怨大叔有关。那人就跟那些出身不好的工作人员一样，时刻停不下来，总是弄弄这个，弄弄那个，烧个水泡个茶要在这不到八平方米的屋子里来来回回走上好几圈。致力于纹丝不动的年轻人早被他弄得烦躁不已。我只好一个人穿上衣服出去找他。说找，我也不是真的想找。我当时以为他大概搭上了个什么女人，我们把这叫蜗同居，到第四五个月的时候已经挺常见的了。外面走道里也没什么动静，灯开的是夜光，这不是说我们真在夜间，主要意思是这段时间没有客房服务，要什么得花日间两倍的券去舱尾的夜间小卖部买。我在走廊里来回走了一圈，各个洗手间淋浴间里都找了一遍，既没找到那人，也没发现什么不正常的情况。后来有个女服务员从二等舱那头进来，我就问她了，我说我们房间里有个人不见了，是不是去了医务室。我报了房间号和他的名字。

“我明显能感觉到她脸色不对，但是不对在哪里我当时一头雾水。就算这样她的表情还是那种服务行业人士职业性怕麻烦的应付。她说的都是套话，说会去报告舱警，让我回去等通知。

“我们普通舱和前面一等、二等舱完全隔离，工作人员进出要刷好几种验证程序。我这人曾经在大是大非的问题上没什么智慧，我们做广告的时间久了只重形式不重内容，脑子能不动就不动，卖瓜子卖内衣对我们来说本质是一样的。你不要笑话我，我真的过了很久才意识到那个问题。普通舱里的中产阶级在这里是中产阶级，到了飞船上却成了末等阶级，等到岸了也不会改变。现在想想这应该是上船前稍微动动脑子就能想到的。但是你也知道，云台计划卖的是大殖民梦嘛,反正做了梦上了船,你就属于强势群体的一分子了——他们从来没提到‘强势’针对的是这里的人，而这里的人不在那里，所以这强势根本没意义。我说的这些是我思考了很久的结论。你是读书人，可能觉得我幼稚得不得了。那位仁兄比我早意识到这点，他一开始就很明白。

“我回到房间里继续喝酒，心里却很虚。那人每一分钟不回来，我心就虚得更厉害，几乎按捺不住。好像我小的时候我爸去外地开厂一去好几个月，他情感方面挺愚钝的，隔一两个礼拜才会想起来联系一下家里。我心里总有那种不安的感觉，总觉得他这次说不定回不来了。大了点才不这么想，知道他在哪里做什么，以他的能力不会有什么危险，也就是说掌握了信息。我心虚，是因为我对这飞船真正的构造没有了解。培训的时候我们也参观过模拟飞船的所有舱位，头等舱华丽的程度当然也让我眼珠子瞪了瞪。但那毕竟是假的。这么一想下去，什么都可能是假的，谁知道我们要去的那地方究竟存不存在？是，我也收到那边人发来的信啊照片啊，但想想我拍广告的时候什么伎俩没使过？我现在无所谓面子，可以坦白，有一次我把客户刚打给我的制作费全拿去赌钱了，当然输得一干二净，马上就要开机拍片，什么海岛风情的内衣广告，模特、导演、妆发、制片的机票、酒店费用，一分钱也不剩。公司虽然名义上是我的，但毕竟有其他合伙人、投资人，要从公司账目里挪钱等于东窗事发。我怎么办的？把自己一辈子会的不会的投机倒把伎俩都用上了。半夜里我一个人跑到年轻人吃摇头丸跳舞的那种酒吧，找了几个神志不清的女孩让她们把内衣穿上，在绿屏前面乱七八糟跳了几个小时，然后到网上拼了命找任何跟海岛有关的视频。人走投无路的时候总是灵感迸发。我最后在那种 20 世纪美国人拍的廉价色情片里找到简直跟那些内衣般配得不得了的画面，把那些女孩拿滤镜修修补补以后看起来也像模像样，一分钱没花我就把广告交了，还跟客户说这次的操作走复古风，客户竟然也没抱怨。做内衣的商人，跟我们广告人恰好相反，对形式根本无所谓，看到有女人穿着他们做的内衣就满意了。现在想想，我那是运气好。云台号计划比我资源丰富多了，想捏造点那边的画面一点也不难。”

我听到这里已经目瞪口呆。他一直匀速说着话，语速之平淡，奇怪地有种敲木鱼的催眠感，甚至可以用笃定来形容，我却找不到任何一点插嘴的空间。我脑袋里疑问重重，但丝毫不知道从哪里问起。我想到上个时代，大概四五十年前有件真事，一船海员出海，最后一半人把另一半人杀了扔进海里，没事一样回来了。我不知道他的故事是不是在往那个方向发展。我是在研究约瑟夫·康拉德的时候碰巧看到这事的，资料库里保存着好几十年前一个默默无闻的小作家在自己的博客上把这事跟《黑暗之心》做了点不那么严谨的比较。碰巧还正是在我们这块地方发生的事。我很想把我脑子里的想法说出来，但本能地觉得不合时宜，所以我一句话也没说，继续听他讲：

“他当然还是没回来。好几个小时过去也根本没有舱警出现。整件事好像没发生一样。我都怀疑自己是不是彻底疯了。那两个年轻人也终于感觉到不对劲，他们反常地从床上爬下来，居然站了起来，开始翻那人的东西。我注意到他们的腿好像已经开始萎缩，细得很恐怖。不过他们本来就精瘦，上船的时候已经一副萎靡不振的样子。他们这样的人我知道，里程接近于零，是凭技术能力上的船。据说那里施展技术才华的空间比这里大得多，电力资源永远用不完，计算能力比这里强大数百倍。那两人脑子比机器还简单，大概崇拜机器吧，纯粹是奔着那个去的。

“看他们平时弱不禁风，一旦决定开始翻东西的时候倒是不翻到底朝天不收手。他们肯定已经在屏幕里讨论了很久，定下了某种策略。我问他们在找什么，他们完全不理我。翻了一会，他们从床上某个夹缝里翻出了几百张券，按照一张券一万块地球现金来算，有个几百万，不但足够二等舱的船票，差一等舱也不多。我知道这肯定不是那人的全部财产。上铺那个稍微懂点世俗道理，举起手对着我挥了挥，把券放到了我床上，说见者有份。这两个人对钱或者券根本没需求。他们还继续在那翻，翻完了床，开始翻储物柜。柜子当然是上锁的，同时刷脸和指纹才能打开。我没想到他们马上就把柜子打开了。我以为是什么高精尖的黑客技术，仔细看了看他们的动作，我才明白他们早就把他的脸和指纹都存了起来。我想他们肯定也存了我的。挺荒唐的，什么体征密码，不堪一击的东西。我之后不得不把自己所有柜子和电子设备都加了层普通密码。柜子里翻出更多的券、手表、金条、超压罐头食品之类，但他们本来也不是在找钱。其实我到现在也不知道他们在找什么，我猜大概是辣酱吧，因为那人虽然消失了，他浓重的体味后来好几个月都没消失。好点的辣酱在那里确实稀缺。

“就在这个时候门打开了，到了送餐的点，来的是跟我几个小时前碰到的同一个女服务员。她还是一副职业性不耐烦的表情，对我们房间里的一片混乱仿佛熟视无睹。那天是绿饭盒，所以她就跟平常一样，把房间里其他绿盘子都收走了。理论上说，这个时候我应该继续问她有关那人的事，但我一句话也没敢说，还把被子直接盖到脸上，装睡。你能想象，我感觉相当不妙。

“服务员走了以后那两个人互相看了一眼，一句话没说又开始翻刚才翻过的东西。这个时候我彻底受够了。我不知道他们干的究竟是什么勾当，但我知道他们肯定不会告诉我。我爬下床走了出去。这种吃饭的时段走廊里人会多一些，大家趁这个机会活动活动筋骨。我心跳得自己都能听见。你想想，理智的做法应该是把那人消失不见的消息传开来。到那个时候我也没完全打消他只是跑去别的房间蜗同居而已的想法。也许问上几个人就有一个知道他跟谁好上了。这根本不是什么稀奇的事，虽然我很难想象哪个女人会对他有兴趣，但我却什么也没说。几个稍微熟络的牌友也像往常一样跟我打招呼，我也照常回应。我注意到那个送餐的女服务员一直偷偷瞄我。说偷偷，就她那红扑扑的高原脸，说实话做不到什么偷偷，之后每天来我的房间送餐的都是她，且一直这样瞄我。另外，负责修理我们这块的工程师过来，也这样看我。我发现工程师来得很勤快,有一个卫生间总是出问题，我当时当然不知道为什么。反而是所谓的舱警，上船之后我一个都没见到过。大概是某种走投无路的本能指导着我，我很快决定什么也不说，什么也不做。我也是个快死的人，说这话真可笑。我没想过死的时候什么也没做，现在都快死了，还是什么也不做。好歹今天遇到了你，有一个听众，不然……”他终于说渴了，把杯子里一直放着没动，已经变温的啤酒一口全倒进了肚子里，又接了一杯。

我找到了机会：“我不明白，你到底为什么说你快死了？”

“死是什么，”他脸很快红了起来，“没有生的欲望，人就死了。对不对？用欲望这个词也不太对，更准确的词是意识。有了死的意识，人就快死了。我在船上读过一个小说，里面有句话说死把一切都给祛魅了，大概这个意思。比如在那里，人能活个好几百年，那里的人就没有死的意识，至少目前来看还没有。”

“所以那里不是海市蜃楼，是真实存在的。我吓了一跳呢，我以为你刚才要说整个云台星全是假的。就跟，呵呵，一百年前美国人登月一样假。”

“假的，真的，不是问题。最虚伪的问题莫过于真假。黑白。生死。二元论的问题都是伪问题。你是读书人，该比我更明白这个道理。阴阳之间有很大一块空地。比阴或者阳都要险恶多了。但是落到实处，就那个人而言，他掉进那块空地里出不来。确实荒谬。”

“我不明白。”

“普通舱到底有两百多号人，少一个，真的少吗？也不是没人意识到这人很久没出现。如果有人碰巧问我，我居然能睁着眼睛编出各种理由，今天心情不好，明天身体不好，种种，最普通的让人过耳即忘的那种理由。他们本来并不是真的关心，所以想当然信了。就这样又过了两个多月，我房间里那两个年轻人回到了之前一言不发一动不动的状态，且把那人的床位开始当垃圾桶用，练习投掷技巧，饭盒啊，一团一团的纸巾啊，都往那扔，惨不忍睹。机器‘管家’，我们管那玩意叫‘铁阿姨’，在收拾方面既无意见也无偏见，于是每周有那么一天，谁知道究竟是礼拜几，那人的床会铺得干干净净，第二天又会被垃圾淹没。

“你是第一个听我把这故事讲完整的对象。事情在我脑子里翻来覆去，但始终没办法说出来。真说出来了，我现在也意识到我有多怂，其实连自己怕什么也不知道。我刚说的小资产阶级的恐惧像鬼魂一样附在我自己身上，或者我是鬼，它是魂也说不定。有段时间我开始看那些罐头情景喜剧，一部接一部看，说服自己不想这事。

“到了第七个月，也是所谓中间时段开始，船上会有些变化。他们早做了研究，结论是第七个月最为难熬，之前的小矛盾会升级成大矛盾，大打出手的例子绝不少见。到第七个月他们换了所有床单、毛巾、饭盒、灯光的颜色，另外我们的舱头，也就是离二等舱最近的地方那间一直锁上的游戏室会打开。到第十四个月，接近云台星轨道能接收信号以后游戏室会变成通讯室，差不多就是电话亭，可以开始跟地球或者云台星联系。说电话当然都是延时的，但大家能逐渐收到亲朋好友过去十四个月里传来的讯息，再逐渐回应，总要比没有好多了。

“游戏室里的游戏是那种几千几万关卡的全浸入式四维游戏，无穷无尽的那种，这游戏最无耻的地方是每十几二十关就会出现个体力关，要慢跑啊跳啊下蹲啊举虚拟哑铃等等才能过，强迫你锻炼身体。人一旦站到那个竖起来底下带风火轮的棺材一样的机器里，全息眼镜耳机就会把你笼罩，完全与世隔绝。我房间里那两个人对那玩意近乎痴迷，一半时间都泡在那里，身体竟然逐渐壮硕起来。

“我自己不是游戏爱好者，所以从第七个月开始我就经常一个人待在房间里，地球上甚至云台星上拍的电视剧都看得差不多了，又开始胡思乱想起来。能怎么想呢？想来想去都没有答案。一种可能是他死了，比如心脏病发作死在卫生间里。为了不引起骚乱，工作人员悄悄把他收拾起来扔到什么地方去了。这种猜测没道理的地方是普通舱里经常有人这个病那个病发作，不省人事的也不少，二等舱来的医务人员从来都在大庭广众之下处理问题，没表现出任何鬼鬼祟祟。医务人员也从来不瞄我。另一种可能是他悄悄升舱了，但这又无法解释他这么个一毛不拔的人竟然不回来取几百万的地球币，他比谁都知道普通舱一旦有人发现他升舱走了，肯定会打那钱的主意。要么我们穿过了黑洞，他正好被吸进去了，你不要笑我，我还真为此从电子图书馆里找了几本有关黑洞的书看，看也看不明白。你能想象我想过多少种其他更荒唐更复杂更不合情理的可能性，讲起来一千零一夜都讲不完。

“到了第十一个月左右吧，他已经消失了有半年的地球时间，我也习惯了，说实话，都快把他忘了。有一天我上厕所路过游戏室，发现门开着。这不奇怪，房间自动门现在经常出故障关不上或者开不了，得找人修。我闲着无事可做就走了进去。里面的人都在游戏世界里，看不见我。有个二百多斤的胖子在玩体力关，下蹲的姿态太滑稽了，我忍不住坐在墙角哈哈大笑自言自语说起了嘲笑他的话。到第十一个月，大声自言自语多少是精神健康的表现，说明你还有思想。这个时候我忽然听到有人叫我的名字。

“我吓得魂飞魄散。你能想象。声音是从我屁股底下发出来的。但怎么说，并不是正在我屁股底下，而是有一段距离，因此有种非常恐怖的回声。又一次他叫我的名字，叫得比上次还响。

“我跳了起来，然后想了想，趴到地上，耳朵贴着地面，我的名字又一次响了起来，我想真是活见鬼了，也不自觉就

说出了口。这个时候他说：‘真的是我，不是鬼。’

“用震惊也不能形容我当时的感受。我母亲肝癌去世前一个月的时候我父亲也诊断出肝癌晚期，我听到那消息都没有听到那人的声音那么震惊那么恐慌。我跳起来,四处打量，又趴回到地上，找离声音最近的位置，我整个人都在发抖，声音听起来肯定更像鬼：‘你在哪里？’

“‘说来话长，’声音虽然毫无疑问来自我的那位中年船友，但比我印象里要虚弱很多，‘说了你也不一定相信，我卡住了。’

“我当然就问什么叫卡住了？我记得那个两百多斤的胖子从游戏机里钻出来，我想，他倒是没卡在里面。他大概运动过量两眼发黑，根本没看到我趴在地上的角落里，脚步声却沉重而嘹亮，那人停了一会，等脚步声完全听不见了他才继续说：‘简单说，就是我卡在了普通舱和二等舱之间的夹缝里，就在游戏厅正下方。’

“你想我能说什么，我看了看周围，没人，至少没正常状态下的人，而门随着胖子走出去也莫名其妙恢复正常自动关上了。于是我大叫了起来：‘那你怎么还活着？你都不见了有半年了？’

“‘你冷静点，’他反而这么跟我说，‘别让人听到了。我跟你长话短说吧，我这人会看点图纸，干这行的，上船前我就弄到了整艘飞船的图纸，仔仔细细研究了好几个月。细节我说了你也不懂。反正是个设计失误，就是飞船造好了送去质量检查的时候发现普通舱这个游戏厅如果着火了或者门卡住了这种意外发生的话没有办法从任何别的地方进入，忘了设置安全出口，或者也可以说不是忘了，而是他们要保证普通舱跟高级舱完全分开嘛。所以工程师为了不推翻重来，就拍拍脑袋决定在下面加个夹层，在墙壁上藏了块面板，里面有个按钮，按一下呢，地上就会出现一个洞，洞的位置也不在游戏厅这个位置，而是在对面那个厕所里。天晓得他们怎么想的，反正这是最省钱的通过质量检验的方法。

“‘我早看明白，只要从那个洞里下去，肯定是能爬到二等舱的。我的想法是我只要能爬过去，就有办法在二等舱立下脚。什么满员都是骗人的。肯定有人临时不来。最不济也不过就是被扔回我们房间罢了。就是被关小黑屋我也不怕，我买了很多券就是为了对付那种情况。现在看来当然是聪明反被聪明误，但我想了整整半年，还是觉得计划本身没问题。其实讲真的，我不稀罕二等舱，我不是住不起。不要说二等舱，一等舱也不是住不起。我就是觉得自己有本事能这么过去为什么不试试看呢？我不喜欢花冤枉钱。人总要往高处走，没路也得自己开条路。现在这么说当然傻不拉几的了。但我这人一直都是这么活的，不懂别的活法。我对未来有计划，准备过去承包工程嘛，我以前是发包的，过去了要当乙方，当乙方就得认识点甲方，普通舱里肯定没值得认识的人。我有两个儿子，虽然老婆跟我断绝关系，儿子总还是我的吧。我想着等生意做起来就把他们接过来子承父业。算了，现在多说这些也没用了。我还是讲讲眼下的事。

"'我那天只是想下去打探一下，什么也没带，主要想轻装上阵。下面很小，只够一个人跪着爬的，勉强能头顶天花板坐着。按按钮，开地洞，都按计划完成，我很顺利就到了我现在这个位置，然后他妈的，操，意想不到的问题出现了。

"'这飞船也不新，已经来来回回飞了十几趟有了，出过各种说大不大说小不小的故障，这些我手里的图纸上都有，偏偏这普通舱里的游戏厅倒还真没出过故障，也就是说很快这夹层成了修理工程师堆垃圾的地方，坏了的门啊，马桶啊，电视屏幕啊，还有各种各样的零件。那个傻逼工程师的修理室直接连着这里，所以他图方便会从另一侧把修不好的东西扔进来，这当然不符合规定。我离那边的门就一米远，但这一米不但堆满了东西，有些还不知道为什么粘进墙壁里。这块地方在洗手间下面，漏水。而离我最近的是一块门板，我们房间那种门，这玩意怎么进来的我不知道，反正竖在那，一点也动不了。

“‘那我想我大不了就回去吧，我真的不是没做好两手准备。回到洞口我知道自己倒霉了。普通舱厕所里那个洞大概从来就没人打开过，时间久了控制电路出了问题，还是一样的原因，漏水，这个就像任何电器里进了水，不开倒没什么，开一下就全完了，差不多这个意思。我按洞口那个按钮怎么按都没有反应。我当时就懵了。真的懵。去抢银行反而被锁在银行里的人大概就是我这种情况。下面氧气没多少，本来我根本活不了多久，死了倒也解脱。然而这夹层用的材料都不怎么样，早裂了，你能听到我声音，氧气也能漏进来。

“‘我运气是好，呵呵，过了几个小时正好有个服务员从那头打开门扔进来一只铁阿姨。她觉得是自己弄坏的，可能也确实是，怕被管她的人发现，想偷偷扔掉再从仓库里偷一个新的放出来了事。我们就这样隔着不知道多少年的金属垃圾把彼此的丑事交代了。我让她去你那头按按钮，也没用。那修理工程师是她男朋友。我刚不见那段时候你应该记得那个厕所经常检修。总之我们三个最后黔驴技穷，他们不敢报告上级，这我理解，好的结果是我能被救出来，然后我们三个一起被舱警关进小黑屋等到站以后再被押送回地球坐牢，不好的结果是上级也修不好洞门，我还在下面，而他们被关小黑屋。那工程师认为整条船上肯定不可能有比他更懂这飞船构造的人。总之想来想去，没办法。那女的还有点恻隐之心，每天会把吃的从那一堆东西的夹缝里塞过来。搞笑吧，我现在确实吃上二等舱食物了。'

"我这个时候忍不住问，我说那你大小便是怎么解决的？

"他苦笑起来：'我们中国人以前用了几千年的干厕，你就这么想象，你脚下现在就是个干厕。'太恶心了，我听到这话差点吐出来。

"'恶心吧，'他说，'我尿在饮料杯里，拉在饭盒里，一开始进去的多少比出来的要多那么一点，后来就差不多了，我的身体就好像台搅拌机，现在慢慢坏了。那女服务员拒绝帮我处理排泄物，可以理解，所以我只能把装着我粪便的半年的饭盒都扔进这堆金属垃圾之间的夹缝里。她每天往门里喷强效除臭剂，往死人身上喷的那种，好不容易从贮藏室里偷出来的。不过我已经想通了，人拉出来的东西为什么就脏了？再一来，你们大家的粪便也在下面不远处。整条飞船都是干厕。有人的地方就有干厕，马桶冲水那动作只不过给你一种幻觉罢了。你应该知道，到了那里洗手间里排泄物不是往下冲，而是往上自然漂进楼顶上一个气球里，满了气球会被发射出去，飘在云台星上空，据说用个稍微好点的望远镜就都能看到。就好像在地球上，你脚下全是粪便。'

"他这么说倒也没错，但我对他给出的排泄物画面感并不感激。然后我就问他，那你每天都做什么呢？你能想象，我虽然看似比他自由，也已经无聊得快疯了，完全想象不出来他是怎么过的。

"'没事干当然是没事干，'他说，'我这人以前停不下来。跟我妈有关吧，她有洁癖，一刻不停擦灰。越擦你对干净的阈值越高，所以永远擦不完，没有尽头。我一开始当然怕死怕得要命。我求那两口子，愿意把什么都给他们了。结果他们回来告诉我我的东西已经被你们瓜分光了。这条路一下就死了。我说我身上还有一百张券，那工程师稍微有点兴趣，说给他时间想一想办法。他跟我,或者说以前的我是一类人,这我马上看得出来。把性命搭在我们这样的人身上我到这般境地才明白有多不靠谱。实际上我身上一张券也没带,我下来之前想到过漏水的问题,怕弄湿了。他权衡了利弊,回来跟我说不好意思,不行,他算了算自己违反的公司守则,一旦被发现可不是一百张券能解决的问题,就不要说他女朋友的歪门邪道了。我每天坐在这求他,使出了吃奶的力气,他很快不耐烦往门上加了隔音板。那时候游戏厅还没开,厕所又是差不多全隔音的,没其他人听得到。我确实什么也干不了,下面一片漆黑,我能做的也就是回忆了,越回忆,我越觉得我他妈的活该。忏悔忏悔,时间就过去了。古代那种高僧就是这么面壁思过的,也好像都是这么死的,没见过哪个面壁思过完了又高高兴兴回到花花世界的。'

"我觉得不可思议,我说不可能啊,难道真的就没一点办法吗?我能做什么?我说那工程师如果要钱,我可以给他。我想办法刻意回避分他券的问题,这到底不是我有意干的坏事。我说大不了直接把门或者洞砸了不行吗?我那时还没来得及想到另一些更可怕的事,比如到岸了该怎么办?这飞船毕竟还得飞回去。

“他说当然不能砸，砸了就补不上了不是吗？两边不就通了？更不用说，游戏厅肯定完了。没有游戏玩，你想想那些人会作出什么反应。他喜欢把游戏室叫游戏厅。这一直莫名其妙留在我记忆里。我听到他的话感到不可理喻。一个被卡在夹缝里的人，竟然还操着飞船长的心。我说那又怎样呢？难道让你在下面等死吗？这多荒唐，我们不都是为了不死而去的？

“‘不死，还是等死？’他反问我，被自己的笑话逗笑了，我永远忘不了他那句话。我能听出他笑声里带着哭腔，可能已经哭了整整半年。他又说，‘你还年轻，看样子没经历过大风大浪。我比你要大个一代，我其实挺羡慕你们的，我长大的时候是地球上最糟的时候，伸手不见五指，要不是糟糕到那种程度，云台计划哪会那么快实现？把地球变成那副样子的人，倒是第一批上船拍拍屁股走了。人类进步的逻辑就是这样。我这辈子投机倒把的害人事也没少做，我为什么非得上船，是因为我受了贿的工程着火烧死了几十个人。你如果看新闻的话应该知道这事。这算是因果报应吧。老天爷对我的审判。我在这坐牢，也理所应当。我后来想通了，这都是报应。’

"我说，没哪个人是无辜的。我想说句安慰他的话，但这话听起来更像在安慰我自己，让我对自己感到一阵恶心。我又说：'也没什么老天爷。你只是倒霉罢了。'

"'唯一让我咽不下这口气的是那个傻逼工程师，'他说，'他心里恐怕幸灾乐祸得不得了。输给他算我倒霉吧。过了段时间我明白，我就是在等死。倒霉也好，报应也好。坦白说，指望你或者其他那些人，我也不抱幻想。我叫你是因为你刚听起来像个神经病，你以前睡着的时候一直边哭边笑，你的声音我太熟了。我知道肯定是你没错。你就跟我儿子一样，太敏感，明明要啥有啥，却总像全世界欠你个解释一样。哪有什么解释？现在你看看我，总该好受点了吧？我这才算是自作自受，痛不欲生，进退两难。'

"那人一直很喜欢说成语。过了一会几个小孩一股脑儿冲进房间，他们终于排到号了，另外几个人不情愿地从机器上下来，其中包括我房间里那两个。他们看看我，什么也没问。我下意识爬起来，坐在墙角看着人们出出进进，我知道他能听到脚步声，且除了脚步声可能别的什么也听不到。一阵人流结束以后我敲敲地板，没反应。他可能睡着了。

"我想不出怎么办，我能想出来的办法很快我就意识到他们三个都已经想过了。我去找那工程师，他一脸冷漠地对我说进水了，一开始说的是电路，后来可能说的是我的脑袋。他说我怎么也是哈工大的工程硕士，我不知道他强调的是哈工大，工程，还是硕士。总之他不怕我，他的意思是这个。光就这点上说，他确实没错。他和那女服务员到后来看样子分手了，女服务员见我就逃。每天只要没旁人，我都会偷偷打开那个隐藏面板，按按钮，期待奇迹，好像祈祷一样。但没有老天爷，也没有奇迹。

“之后一个月我找机会跟他说话，他的声音越来越轻，有时候忽然没了气息。他说实话不太想跟我说话，我，说实话，如果不是出于某种我自己也解释不了的傻乎乎的人道主义同情心，也谈不上多么想跟他说话。所有人都知道我喜欢坐在游戏厅墙角，当我面叫我墙角怪。不过到那个时候墙角怪也不足为奇，十几个中年女人霸占了走廊，旁若无人跳广场舞，这在以前是被禁止的，到那时再没人有力气跟她们理论。还有个人，不是个小孩子，至少十五六岁了，喜欢躲在别人床底下扮木乃伊，害得好几个人差点犯心脏病，他父母得把他从床底下拖出来，一直从走廊拖回到他们的房间里。

“后来我们提前进了信号区。本来该是第十四个月才进入，但云台星恰好在这段时间里加强了信号发送，所以到第十二个半月的时候游戏厅就成了电话亭，人流络绎不绝，我再也没机会单独在那房间里。

“第十四个月的时候工程师有一天来找我，说送进去的饭好几天没动过,叫也没回应。我提议让我去那头跟他说话，我已经提议了无数次，他每次都严正拒绝我。这是我跑的最后一趟了，他跟我说，服役三次就可以免费到那永居，他可不想被押回去。你也不想竹篮打水一场空吧？他老这么问我。虽然我不愿意承认，但在当时，我确实也不想被押回来。在这船上再待一程的想法我哪怕想都想不了。

“又过了一个礼拜，我和工程师认定他已经死了。服务员也不再往里面投食。我不知道我是怎么度过的最后几个月，基本天天喝得烂醉。我没跟任何人联系。一个电话也没有接或者打，一封信也没发。我不是没想过跟外界求助，但我不知道说什么，怎么说，更不用说说了也要等一个半月才会有回应。一切都无济于事。

“下船的时候我在人群里用眼神找工程师，他也看到了我，马上扭头以最快的速度往闪着他们公司商标的漂浮车里移去。女服务员我更不用抱什么希望。之后很长一段时间我都会梦到他，最常见的画面是看到那人的身体蜷缩成一团，津津有味吃着二等舱的饭。我天天看新闻，没任何跟在云台号上发现一具尸体有关的。

“那里风景确实不错，氧气富裕到感觉能在肺里发电，走路不费一点力气，气候虽然一成不变，日夜交替间隔太长，很多人觉得有点难适应，我倒没什么意见。我们这些普通舱的人被分别送到几十个不同的定点。我去的地方算是个大城市。那里需要职业广告人士。说城市，跟这里的城市当然不能比，更像是个小镇，每个人都分到一块地，你如果愿意可以自己搭个房子，不搭当然也没问题，轻而易举可以摆弄出个漂亮的花园，想睡在花床上也可以。大部分我们这样的普通舱员都分到了工作，为建设云台星的什么永垂不朽的殖民乌托邦梦想作贡献。说起来不好意思，我的工作就是拍云台星美好生活的广告片，传回到地球上，可能你也看到过，那个一群人穿着花花绿绿的衣服在湖面半空中玩杂技的，就是我拍的。市民都是些文明的前小资产阶级，虽然现在成了社会底层，活都得自己干，房子自己造，吃的自己种，孩子自己带，但大概因为没了死的恐惧，要不就是因为以前要打破头抢的资源现在绰绰有余，他们干得都很起劲，过去我们这类人脸上讨人厌的焦虑纠结不体面的表情也都慢慢消失了，逐渐人的脸上只有广告片里的表情。我想这应该是进步，回到农耕社会，安居乐业，至少表面上看是。偶尔我也会碰到一两个二等舱里来的人，他们反而脸色严峻，并不多么喜欢那里，哪怕他们分到的地比我们大十几倍，靠把地包租给别人种也能过得不错，完全可以不工作。一等舱的人我一个也没亲眼见过。我不知道他们怎么想的。

“老实说，我没什么可抱怨的，但我自己，我已经完全没有了活下去的欲望，我只剩下死的意识。我就是在等死。这种念头一天比一天强烈。我在等死，却明知自己死不了。这感觉我真的受够了。一开始我想，过段时间总会忘记的。我其实也讲不明白为什么那人的倒霉事对我有那么大的影响。但不管我往哪看，不管我做什么，我都没法打起精神，脑子里总是那人的样子。

“在那我干满了一年，也就是这里的四年，我算了算，赚到的钱，再把地转卖了，加上从那人那偷来的几百张券里没花完的那些，够买一张回来的单程票。死在那里究竟不合适。何况我心里还存着最后一点点活下去的念头，我想倘若还能坐上那班云台号，这次我会把能砸的都砸了。

“我花了很长时间等来时那台飞船的班号，订的时候确确凿凿说明非那班不坐，但上了飞船我还是发现这不是我来的时候坐的那台。我问了当班的工程师，他说之前那台报废了，也提供不出什么理由，这是他第一次执勤，这年轻人从小在云台星长大，刚从云台星工程学院毕业。想回去看看出生的地方，他憨憨对着我笑。

“说实话，我反而舒了口气。回程跟去程不一样，船上没多少人，只要愿意买票都能坐到二等舱。说实话，条件确实好了不少，一人一间单人床的小屋子，带洗手间。我就这样回来了。本来今天我要不是在这碰到你，我是准备从这里跳下去的。但我不能让你承受我承受的那些。所以我也许还得多活一会儿，找个别的办法安安静静死掉。”

我什么话也说不出来。对这个故事我不知该作何感想，唯一能谈得上的感想是庆幸自己的胆小让我从来没有成为这故事一部分的可能。坦白说，这念头让我自惭形秽，脸估计都变形了。我们就这样默默喝着剩下的啤酒。游客和情侣早就走了，除了我们以外，只有一桌送客的正喝得激动，说着些浮夸的祝福前程似锦的话。最后一夜，明天一早要走的人就要坐上他刚坐的那班飞船。

“我可以问一句吗？”我最后说。

“你问。”

“如果你是我，听到这样一个故事，你会怎么办？”

他大笑起来，笑得前俯后仰，好像累积了几个小时，甚至更长，远远更长时间的眼泪从各个方向喷出眼眶。他没看我一眼。

“我可能会想，跟我有什么关系呢？”他最后说。说完他站了起来，提起地上一个很小的旅行袋，踉踉跄跄往电梯口走去，显然还没重新适应地球重力。这是我最后一次见到他。

去跳广场舞

林东林

林东林　作家，写小说、写诗、写随笔。现为《汉诗》编辑、湖北省文学院第 12 届签约作家。著有《谋国者》《身体的乡愁》《跟着诗人回家》等作品多部。曾辗转各地，现居武汉。

为什么不来接我？非要我也打一辆车，有病啊！姜双丽一见到我就阴着脸说，同时把一个鼓鼓囊囊的行李包扔了过来。我连忙接住并及时堆上了准备好的笑脸，嗨，这也生气，这有什么好生气的，这个点你又不是不知道，你家楼下还不得堵死啊，再说了，那儿又那么多人。姜双丽摘下墨镜，快步走到我前面,大有与我拉开距离的架势。我提着她的包，背着我的双肩背，就像酒店大堂的侍者那样跟着她往国内出发口走去。姜双丽越走越快，我小跑着跟上去，想从侧面拉住她，被她一下子甩开了。净给自己找借口，不想接就不想接，我还不想去呢。到都到啦，还说这种话，打车多少钱我发给你。一千，她头也不转地说。讹人啊，坐飞机也花不了一千块，看我这几天怎么收拾你。

在打印自助登机牌前，我转了一个两百块的红包给她。发了，快收。多少？点开就知道了啊。哼，才两百，小气鬼，她嘀咕道，一边说一边翻出身份证递给了我。这说明她的气已经消了，女人就是这样。排队安检这一路上，姜双丽有说有笑的，甚至还挎起了我的手臂，仿佛刚才的事从没发生过一样，连她嘴角上那颗米粒大的小痣在说话时都一翘一翘的那么迷人。看来钱确实是个好东西。

在28号登机口前那几排稀稀拉拉坐着几个人的椅子上，我们选了最靠边的两个位子坐下来。直到坐下来，姜双丽也没把她的左胳膊从我右胳膊的臂弯里抽出来。这跟她在电影院最喜欢的姿势一样，充分显示了她女人味的一面，同时也是柔弱依附的一面。我仰躺在椅子上，借助于扶手歪成一个舒服的姿势，姜双丽斜靠在我胸前，一头染成淡褐色的大波浪卷儿停留在我下巴的位置，一股好闻的洗发水味道源源不断地钻进我的鼻孔。这样的姿势显示我们就像一对夫妻或者恋人，比女的正坐在男的大腿上的那对男女像，也比在候机大厅里往来穿梭的、正在办行李托运或过安检的那些对男女像。我之所以说“像”而不是说“是”,这便说明了问题所在，如果是的话那也就不会有这趟旅行了。

飞机腾空时，大地开始显露出它作为一张蜘蛛网的本质，且这种本质随着高度的攀升越来越清晰地显示出来。从舷窗口我多次打量过这座城市的这一面，当然我也打量过其他城市的这一面，发现无论发达的北上广深还是我们省城这样的二线城市，或者那些偏远小城，只有当你落到地面上之后，置身于它们宽窄不一的街道、河流和楼群之中时，它们才会呈现出自己相对独特、充满肌理纵深的一面，一旦你坐上飞机破空而去，你在舷窗边看到的都会是那么一张蛛网密布的样子，那些纵横交错的街道、横七竖八的屋顶、歪歪扭扭的河流、皱巴巴的山峦和地表差不多都成了一个样子，点缀其间的是蚂蚁——不——蜘蛛般的车辆与人群。你适应着这种感觉的袭来，在这种适应中调整着座椅靠背，仰躺下来，将双腿伸到前座的下方，与此同时你会觉得逃出来的自己才是人，只有坐在这架飞机上的人才是人，地面上的都是蜘蛛，你会庆幸于自己作为一个人逃离了一张蜘蛛网。

现在我也产生了这种感觉。我，一个所谓的作家，姜双丽，庭岚家居的软装设计师，就是逃离蛛网的两个人。在下面那张面积巨大而网口细密的蛛网上，此刻粘着无数大大小小的蜘蛛，既粘着我们穿行其间却素不相识的陌生人，也粘着我们的朋友、同行、亲戚、邻居；既粘着我的老爸、儿子、老婆，也粘着姜双丽的老妈、女儿、丈夫。他们爬行其间，停停歇歇，一日三餐，不知终日。但现在我和姜双丽分别以采访和出差的名义从这些蜘蛛们中间逃了出来，作为两个人而不是两只蜘蛛逃了出来，这不能不说是一种幸运。当我还沉浸在这种幸运的感觉中时，姜双丽却已经睡着了。

我睡不着，心里翻腾得厉害，一会看看窗外皑皑如雪的云层堆积成的缥缈山河，一会又看看那个坐在最前排、面向我们而坐的空姐。空姐很年轻，也很漂亮，双唇微启，直视前方，带着那种训练有素的职业化笑意，两条灰蓝色的带子将她固定在那个专用座椅上——这看起来似乎有点儿残酷。隔着几排或浓密或秃顶或梳成一缕缕头发的那种天灵盖，我朝她送去饱含深意的目光，搜寻着，调整着，直至和她四目相接，直至把她看得不好意思地偏过头去。后来她和一个空少过来了，推着餐车，开始一排排分发晚餐，我注意到她胸前铭牌上的名字：曾雨晴。先生，米饭还是面条？面条。她又朝睡着的姜双丽问，我做了个别打搅她的手势说，米饭，谢谢。十几分钟后，曾雨晴和那个空少又推来了一车茶水，我又盯着她的铭牌看了会儿，要了一杯咖啡，给姜双丽要了一杯矿泉水。

我没心思吃饭，小口小口地呷着咖啡。喝到一半，我轻轻摇了摇姜双丽的胳膊，小声在她耳边问，饭来啦，水也来啦，你不吃饭？她侧过头去嘟囔了一句，不吃，接着又睡了。高度产生风景，也产生时间的错觉，与地面上此刻那种淡蓝色的暮气相比，对流层虽也已时至黄昏，却呈现出一幅完全相反的图景，澄澈、透明而且无比明亮，仿佛这万米高空的时间比地面上晚了几个小时。夕阳从舷窗外平照过来，撒在姜双丽三十七岁的小脸上，给她依然白嫩的脸庞镀上了一层金质光泽，从我的角度看去，甚至连她嘴唇上方那一丛细微的绒毛也成了秋天旷野中金丝般的荒草。她熟睡着，胸脯轻微和缓地一起一伏，极具雕刻感的鼻翼、眼窝和嘴唇让她显得无比安详圣洁，就像一尊浮在半空中的圣母玛利亚。但当这个比喻在我的脑子里一闪而过时我又觉得很不恰当，这散发着汉白玉光泽、有着温凉触感的五个字，似乎很难跟将要跟我去度过一个偷情的周末的姜双丽画上等号。

我爬到姜双丽的床上是在我家的拉布拉多爬到她家金毛的屁股上之后，那是半年前的事情了。

为了说清楚事情的来龙去脉，我先说说我的老爸韩立刚。因为退休前在机械所干了几十年，专业给高层建筑设计增压送水的管道泵，我的老爸人送尊称“韩工”，这是机械所那帮小年轻叫的，他的老伙计们喊他“泵哥”。七年前我老妈去世后，他一直没续弦，这并不是因为他对我妈有多深情，也不是他不想再找一个，而是他一直念念不忘的机械所某位阿姨还没丧偶，她的老头还活蹦乱跳地健在于世。前几年，我爸从设计科副科长的位子上退了下来，但他退而不休，甚至比上班时还忙，他退下来的这几年相当于上班那些年的总和，不但人瘦了一圈，头发也全白了，跟上班时相比简直判若两人。退下来之后他一天也没闲着，整天把自己关在房间里画图纸、做实验什么的，他说，一定要把管道泵的增压技术改进到一个新高度，在进棺材前把他的中级机械工程师证书变成高级——因为那位阿姨就是高级。这让人很不可思议，不但他的儿媳妇刘述红觉得不可思议，就是作为他儿子的我也觉得不可思议，我们都不明白一个六十多岁的老头儿为什么还会用这种只有情窦初开的中学生才会用的方式去接近他的梦中人。我和述红经常劝他遛遛狗钓钓鱼什么的，老爸对此没兴趣，对带他那四岁小孙子森森的兴趣也不大。那怎么办呢，只有随他去了，他的犟脾气我可是领教了三十八年。

有一段日子，他吃了晚饭之后并没有像往常那样再碗筷一推、油嘴一抹就钻进房间，鼓捣他那些破烂玩意儿，而是一反常态地背着手、摇头晃脑地出了门。这让我感到新鲜，不过虽然感到新鲜，但是我倒也没觉得有什么问题，还以为老爷子出去散步遛弯了什么的。直到有一天,老爸出门之后，刘述红一边刷碗一边神秘兮兮地跟我说，哈，韩松，猜猜你家老头儿干吗去了？这有什么好猜的，想通了呗，该干吗干吗去了。我跟你说，你可别说我说的，你家老头儿去跳广场舞了，就在红楼前面的广场上。广场舞？跳什么广场舞？你瞎扯的吧，我“腾”的一下从沙发上坐了起来。咳，我骗你干什么，不信你现在去看看，我也是前几天去遛毛毛时路过那里看见的。这不可能啊，他不搞他的管道泵了？还是在吴阿姨那里受了什么刺激？再说了，他一个老头儿跳什么广场舞啊，丢人不丢人，不都是大妈大娘跳嘛？你去看看就知道了，今天该你遛狗，正好可以去欣赏欣赏你家老头儿的舞姿。

我的老头儿，做了半辈子中级机械工程师、现在享受副科级退休待遇的韩立刚同志，确实去跳广场舞了。这是我在红楼广场前亲眼看到的，不但我看到了，我家的拉布拉多也看到了。当我在那横七排、竖七排由各种身姿和体态的大妈大娘组成的广场舞方阵一角停下来时，我一眼就看到了正在另一角歪手歪脚迈着拙劣步法的两个干瘦老头儿，其中一个就是我的老爸韩立刚。不用看正面，单从那一顶白发和他身上印着“江汉机械研究所”五个白底大字的蓝布工装就可以断定。我正想着用什么法子把他喊回去，毛毛拉着它的狗绳一下子蹿了出去，准确地跑到韩立刚同志身边，无比欢实地围着他蹭来蹭去，直至站立起来爬到他身上，以尽一条狗对它主人的亲热本分。但是，我的老头儿仍然没有停下他那拙劣舞步的意思，依然模仿其他人的样子比画着，任凭毛毛在他周围来回打转。这时那首放到一半的《套马杆》突然停了下来，那横纵各七排的大妈大娘也都停了下来，我看到一个发髻挽得老高、颇有几分身材的高个女人从领舞位置走过来。凡她所到之处，人群自动闪避出一条小道，她沿着小道走到我老头身边。怎么回事，这是谁家的狗？快点牵走，不要在这耽误事儿。

这时候，我们的韩立刚同志再也不能无动于衷了。只见他一只手轻抚狗头，一只手搭成凉棚扫视了一圈广场，直至发现了另一个角上的我。我没过去，而是蹲下来，以拍巴掌的方式唤回了毛毛，但我的老头并没如我所想的那样——

沿着毛毛跑过来的那条直线走过来跟我回家，而是随着那个高个女人按下PLAY键播放出《套马杆》剩下的部分继续拙劣地跳了起来。这让我感到不可思议，不是说我的老头儿六亲不认——二亲不认，而是他怎么就跳起了广场舞？这个要献身于管道泵的科技工作者，这个一心要比肩吴阿姨的老小伙儿，怎么就被广场舞吸引了过去而一改其伟大初心？我牵着毛毛在广场上来回晃荡，想起了我的父亲韩立刚同志波澜壮阔而又平凡普通的大半生，我觉得那里可能隐藏着他的广场舞源头。把时光的指针拨回到上世纪六十年代，我的父亲就成了一个根红苗正的好青年，经他的老爹、我的爷爷经常拎着一瓶烧酒找公社书记软磨硬泡，他终于当上了一名光荣的工农兵大学生，他在学校表现很好，也在尘土飞扬的土路上敲锣打鼓地翩翩起舞过；把指针往后拨一点，他就毕业了，分配到了红光机床厂，在厂里埋头苦干过一段，就被上调到了他后来一待几十年的机械所；再把指针往后拨就到了八十年代初，我的父亲就成了一个三十多岁的大龄单身青年，穿一身浅灰色、上下四个兜的夹克装，梳偏分头（纹路一丝不苟），戴一副黑框圆眼镜，这有其相册里的黑白照片为证，他的大龄、单身决定了他当时需要频繁出入那些雨后春笋般冒出来的歌舞厅，并在那里认识了当时同样大龄的、后来成为我母亲的胡新荣会计。

当我还想继续往后拨指针时，毛毛再一次箭一般弹射了出去，朝着前面一只没拴狗绳的金毛狂追不止。一个女的——也就是此刻正在我身边酣睡的姜双丽——顿时在那边叫了起来，谁家的狗，谁家的狗，快来人啊。但这并不管什么用。毛毛追上去后，和那只金毛相互转着圈嗅了几嗅，在确认了郎有情、妾有意的那点儿意思后，毛毛就准确地爬到了金毛的屁股上动作起来。这样的事情司空见惯，所以我也就不慌不忙。等我不慌不忙地走到它们的欢爱现场时，姜双丽已经急得团团转了，但她又不敢贸然上前将两只正沉浸其中不能自拔的狗分开。这是你家的狗？快点牵走，快点，她小脸通红地说。我捡起拴着毛毛的狗绳的另一头用力扯了扯，并不能扯动，你也看到了，我也没办法，现在怎么扯也没用，不信你试试。姜双丽接过狗绳也扯了扯，毛毛歪着脑袋发出了一阵低沉的怒吼，把姜双丽吓坏了。那怎么办？能怎么办？！我也没办法，等着它们自己分开吧，一会儿就分开了。

姜双丽不再吭声了，转过头去看广场舞那边。一边看一边咬着嘴唇，一副受了很大委屈的样子。因为委屈，所以更加显得有点楚楚动人，或者应该这么说，即使不委屈她也一样是个挺好看的女人。

十分钟过去了，两只狗还没分开的意思。姜双丽走到花坛边，拿出一包面巾纸并抽出一张，在花坛水泥边沿上擦出一只屁股大小的方块，又抽出一张面巾纸垫上去，然后坐了下来，开始扒拉她那只硕大无比的棉质手提袋，直至从中掏出一本淡蓝色封面的书。我装作不经意的样子走过去瞥了一眼，内心顿时一阵狂跳，《情到浓时情转薄》那几个宋体小字提醒我那是我好几年前写的一本情感随笔。噢，你在看书啊，是什么书？姜双丽抬起那张已经没那么委屈的小脸，把书举起来晃了晃。怎么样，好看吗？挺好看的，虽然作者是个毒古，但说得很在理儿。还行吧，但我现在觉得写得挺烂的。嗯？凭什么那么说，你也看过？当然，我写的嘛，我终于露出夹了又夹但还是没夹住的尾巴。啊，你写的？我还说我写的呢，有什么证据说是你写的？诺，你看看署名，再看看这个，我边说边掏出钱包把身份证抽出来递给她。还真是你写的，你是作家啊？算不上吧，涂涂抹抹而已。

建立起读者和作者的关系后，姜双丽就没那么委屈了，也不再一会儿看看书一会儿看看狗，她跟我说起书中的一个观点：好男人会不会出轨？她专注的眼神，让我觉得她巴不得她的狗和我的狗再多搞一会儿。但狗们好像并不领情，在我们说话时已经自行分开了，各自走到彼此主人身边摇头摆尾地卧下来。这时候，广场舞那边的一曲《你是我今生难忘的梦》只剩下一点尾音，那些跳了一晚上的大妈捡起衣衫准备散场了。我得走了，我去接我妈，姜双丽说，能留一下联系方式吗？当然可以。扫过微信后，我们一起朝那群还没来得及散开的大妈走去。那个发髻挽得高高的、领舞的高个女人，后来我才知道就是姜双丽的老妈刘桂芳，体院退休的舞蹈老师。而此时此刻，我的老爸韩立刚正围着她求教一些动作要领，刘桂芳用她那细长的双手捏着我家老头儿干枯的爪子高高举起，然后在转圈时差点被我老爸的一条腿绊住，你动作怎么那么硬，放松，要轻盈一点，轻盈你懂不懂？她说。我的老爸如小学生般点头不已，记住了，记住了，他说。见我和姜双丽一起朝他们走过来，他俩异口同声地问，咦，你们怎么认识？刚认识的，我抢在前面说，完全没提两只狗的那档子事儿。

回去的路上，老爸和我各自埋着头朝前走，一句话也不吭。老爸，你的管道泵不搞啦？我率先打破了沉闷。嗯？搞啊，搞还是要搞，但是要慢慢搞，哪有那么容易的事儿，你以为一个专利那么好搞啊。那，吴阿姨呢，你慢点搞的话，可是赶不上她啦。嗨，小子，提她做什么，再不要提她啦，我跟她压根儿就没可能的事情。怎么啦？又受了什么刺激？没有没有，我能受什么刺激，好老太太又不止她一个，干吗非要在一棵树上吊死，都七老八十的人了，还能有几年蹦跶的。我没接话，不过我基本上听明白了，他不搞管道泵虽然跟吴阿姨有关系，但与其说跟吴阿姨有关系，倒不如说跟姜双丽的老妈刘桂芳有关系。作为一个男人，也作为他唯一的儿子，基于雄性相通的道理和血缘关系的本能，我连想都不用想就可以明白是怎么回事。而且我也清楚地知道，老爸也明白我的明白。

我爬到姜双丽的床上是在两周之后。那两周内我知道了她的不少事儿，知道了她的老妈刘桂芳在她二十岁时就离了婚，知道了她老爸又组织了新家庭并给她生了一个同父异母的、她还从来没见过的弟弟，知道了她毕业于美院，知道了她现在在庭岚家居做软装设计师，知道了她有一个五岁的女儿，还知道了她有一个因为经常出差（可能也经常出轨）而与她感情不好的丈夫。最后这一点至关重要，因为如果没有这一层背景，那么我很难有机会能爬到姜双丽的床上去。当然，我说爬到姜双丽的床上，并不是真的跑到她家里在属于她和她老公的那张大床上搞了她，作为一个有着风险安全控制意识和一点点廉耻之心的作家，我是把她约到开发区一家酒店的大床上搞的她，或者按照时下男女平等这一点来说，我们是在开发区那家酒店的大床上互相搞了对方。我们搞了整整一个下午，搞得筋疲力尽、四肢瘫软，直到搞到对方再也搞不动了，然后拍拍屁股，各自打车回了各自的家。

作为一个名义上的作家、实际上的啃老族，我有的是大把大把的时间，除了遛遛狗、接送一下孩子之外，家里的其他事情都由刘述红一手操持，她脾气好而且任劳任怨，心甘情愿地服务我们爷儿仨和一条狗。但作为软装设计师的姜双丽却没那么多时间，一天到晚地接项目做设计，隔三差五还得去一个接一个的新房子里做现场布置、看效果什么的，她还要带女儿和遛狗，所以我们能开房的时间也不多。有一天，完事后我们躺在开发区那家酒店皱巴巴的大床上，我用小腿肚磨蹭着她光洁清凉的大腿说，你就不能歇几天？跟我一起去度个假旅个行什么的？她歪了歪头，你以为我不想？我还巴不得什么事儿都不做呢。不做事怎么办,你养我？嘿，我怎么养，名不正言不顺的，让你老公养你，我这儿可还一大家子呢，写东西能挣什么钱，我还不是指望着老头儿那点退休金。得了得了，她及时打断了我，跟你说正经的，你家老头儿这是要干吗啊？对我妈有意思？我可见他不止一次了，每次跳完都不愿走，缠着我妈问东问西的。我哪儿知道啊，说明你妈太有魅力了呗。鬼扯，他俩根本不适合。怎么就不适合了？不适合就是不适合。嘿,他们在一起了才好呢，我们也不用偷偷摸摸了，这不是亲上加亲嘛，我止不住笑了起来。滚。但她的“滚”字还没说完，就被我用嘴堵住了。

我和姜双丽都没想到的是，只是这么几个月的工夫，我的老头儿已经把广场舞跳得如此炉火纯青了，大有青出于蓝而胜于蓝之势。因为觉得广场舞挺低级的，而我老头跳得更低级，所以我从不去看他跳，所以等我再次看到他跳时就不免大吃一惊。按姜双丽老妈给她普及的、她又给我普及的那点广场舞知识来说，无论是舞步轻盈流畅、起伏连绵如波涛般的快华尔兹，还是稳而不拖、潇洒自如、讲求“形散神不散”的平四步，再或者是节奏强烈、情绪兴奋、动作滑稽俏皮的吉特巴，我老头都演绎出了极强的观赏性。我后来去看的那几次，有一帮男女老少还围在他边上指指点点，不时发出哈哈大笑或啧啧赞叹之声。后来，甚至还有人拍了视频冠以“最潮老大爷广场舞”之名发到了网上。

而与我老头的广场舞技术进步得一样神速的，是他与刘桂芳的爱情。现在，他不但从最后一排跳到了最前排最靠近刘桂芳的位置，偶尔还能兼任一把代班老师，而当初和我老头儿一起跳舞的那个老头儿则还在最后一排的角落里跳着。眼下，刘桂芳一点也不避讳和我老头的亲近，除了满口亲热地喊着“立刚”“立刚”之外，有一次在我老头儿没带保温杯时还允许后者喝了几大口她保温杯里的热水，这让姜双丽看在眼里、气在心头，在回家的路上不止一次地数落她的老娘“让别人得寸进尺”。这些都是姜双丽告诉我的。但是反过来说，我们又不得不承认，爱情的力量有时候就是这么伟大，不但在如此短暂的时间内就让一个老汉重新焕发出青春活力，还改变了他的形态气质，这一点可以参见我老头儿那一顶用瑞虎牌染发剂染得乌黑发亮的短发和他那一身开始变得讲究起来的衣着。

怎么办？你也不管管你家老头儿，又一次完事后姜双丽问我。我反问道，你老说他俩不合适，到底哪里不合适？我的大作家，你真糊涂还是假糊涂，我问你，他们俩好了，住哪？住你家还是住我家？吃喝拉撒是花你老头的还是花我老娘的？万一有个三长两短财产怎么分割？我没想到平时还挺有情调的姜双丽一下子变得那么精明，考虑问题那么现实又那么长远，但同时我又觉得她说的不无道理，而更多的情况是我从来就没有面对过这样的问题。当天晚上，老爸一进家门，我就把他拉到了他的房间。老爷子，问你个事，你和刘阿姨进行到哪一步了？问这个干吗？问这个干吗，准备给你们筹办婚礼呗！小兔崽子，开玩笑开到你老子头上来了。哪敢哪敢，我就是问问你们有什么打算。没什么打算，该同居同居，该结婚结婚，向你们年轻人学习。同居？结婚？那你们住哪？这好办，要么她过来，要么我过去，再不然就去租房子。是啊，我没法反对，我老头说得句句在理，我也不敢反对，因为我还花着他每月5800块的退休金。但是我又不能不反对，因为姜双丽反对。

为了找出切实有效地阻止她老娘和我老头在一起的对策，也为了兑现她陪我度个假旅个行的承诺，姜双丽在一周前就让我安排了这趟北海涠洲岛之旅，目的地是她选的，费用是我出的——准确地说费用是我老头出的，因为他的工资卡就插在我的皮夹子里。仔细想想，这一趟还真充满了幽默与讽刺的意味，也就是说，我的老头韩立刚出钱由他的儿子请其情妇姜双丽前往涠洲岛旅行，而这一对狗男女的目的却是为了在打几炮之余想方设法找个法子阻止他们的父母在一起。事实就是这样。

在飞机下降带来的一阵剧烈而急速的颠簸中，姜双丽醒了，她死死地拽着我的一条胳膊睡眼惺忪地说，啊，怎么了，不会是飞机失事了吧？乌鸦嘴，马上就要落地了，我说。飞机是在一阵细雨中降落在福成机场的，挂着一层细密水珠的舷窗外闪现出一片星星点点的朦胧灯火。这意味着我们又将脱离飞机和天空赋予我们的人的身份，融进这座沿海城市的蛛网之中，在通往市区的那条道路上成为两只外来的蜘蛛，一只男蜘蛛和一只女蜘蛛。出了航站楼，手机显示已经七点多了，而打车到市区至少还要半个小时，估计去涠洲岛的船已经停航，只有在市区住一晚，明天再赶过去。上车后我订了一个酒店，吩咐司机直接开过去。八月的北海虽然温度不低，却并不让人觉得有多热，清爽中带着一丝腥味的海风吹过来，吹着姜双丽的一头长发扑闪到我脸上，那种隐隐不断的洗发水味已经淡了很多，但也正因为如此而更好闻了。怎么样，北海不错吧，我问整个人都靠过来的她。那当然，靠海嘛，她懒懒地说。一口东北腔的男司机正在专注地开着车，他肯定不知道在后座上依偎成一团的我和姜双丽是一对奸夫淫妇，不单他，这座城市里的任何一个人都不知道。这让我们自由而放松，但这突如其来的自由放松反而一下子又让我难以适应，与姜双丽紧扣着的右手不由松了松。

酒店的环境和卫生都还不错，是那种公寓式的房间格局，居家，干净，温馨，还有一个带落地窗的小阳台和一个可以简单烹饪的开放式厨房。一进房间，姜双丽就去了卫生间，我则在贵妃榻上躺成一个歪歪倒倒的大字，嗯，一路劳顿，所以不可能躺成一个“太”字。我刚躺下去，姜双丽就在里面喊开了，哎，把我行李包里的卫生巾拿过来。我翻出来拿到卫生间递给她时，只见她正蹲在马桶上捂着肚子一副愁眉苦脸的样子。怎么啦？呃，我来例假了！听她这么一说，我才猛然意识到卫生巾和例假的关系——刚才我下意识地把卫生巾当成是卫生纸了，坏了，坏了，看来此行两大目的中我最关心的那个目的难以实现了。你不知道周末来例假吗?我问，早知道晚几天出来了。本来不该这几天来的，我也不知道，怎么就突然提前了。看着她那副痛经的样子，我也实在不忍心再说什么。

去外面草草吃了点东西又上楼来。姜双丽去洗澡，我则在手机上浏览涠洲岛的各种旅游攻略。正翻着翻着，刘述红打来了电话。韩松，到酒店没?我跟你说，你老爷子带他那个跳广场舞的相好来家里了。啊，怎么我刚出门他就带回来了?要住家里吗?我不知道，应该不是吧，刚吃完饭，现在他们俩在老爷子房间呢，我在阳台上给你打的电话，你可别说我说的，老爷子的脾气你又不是不知道。好，我知道了，我大后天回去，你先稳住他们，晚上千万不要让她住我们家。这我怎么说得出口，好吧，我试试。姜双丽裹着浴巾出来时，我并没像往常那样一下子扯掉，迫不及待地把她抱到床上去。麻烦来了，麻烦来了，你老妈现在正在我家与老爷子促膝长谈呢，弄不好还要留宿。你怎么知道的?我老婆刚才在电话里说的，不信你打电话问问你妈。她抄起手机就给刘桂芳拨了过去，并按了免提键——好腾出手来用毛巾搓干她湿漉漉的头发。妈，你在哪呢？我，我在家里呢，刚跳舞回来，你怎么样，到了杭州没有？到了到了，已经住下来了，妈，我忘了跟你说，你现在要去把暖暖从她爷爷奶奶家接回来，她还有作业要做呢，周一要交。好，好好好，我去接，我马上就去接。

我一边听着这母女俩的对话一边强忍着笑意。原来姜双丽说她去的是杭州——我跟刘述红说的是去南宁，她对付老妈可比我对付刘述红厉害多了，撒起谎来理直气壮，而且随时随地都可以撒出既能让双方都下得了台又能达成她目的的那种谎。有句老话说得好，为圆一句谎言会说出更多的谎言。看来姜双丽和她的老妈刘桂芳都精通此道，而且把每一句谎言都说得滴水不漏。服，大写的服。

临睡前，我一遍遍抚摸着姜双丽光滑的后背，在她耳边调笑说，来例假了哈，来例假了是不是就不能做了？我可是带了一盒“杰士邦”呢。做个鬼，一点都不怜香惜玉，你老婆来事了你跟她做不做？嗨，不做就不做，提她干吗啊，我好几年都没和她做了。做不成，于是就只好睡觉，我躺下时姜双丽正往身上、脸上一层层扑洒着爽肤水什么的。当快睡着时，只听见耳边传来一个巨大的声音——“操”，我一下子惊坐了起来，姜双丽则在一边哈哈大笑，脸都快笑烂了。有病啊你，姜双丽，你搞什么搞。逗你一下啊，切，那么不识逗，睡那么早干吗？困了，你自己睡饱了还不让别人睡，我先睡了。别啊，起来起来，说说你老爷子的事。我老爷子什么事？你说什么事，我问你，你这次干吗来了？一心只想着操我？一个作家整天惦记着裤裆里那点事儿？你们家人、你们家狗怎么都这样啊，我告诉你，你老头和我妈的事才是最主要的，他们要是不在一起了，我就天天给你操！姜双丽出了几个点子，譬如让她妈自称有男朋友了、控制住他俩的工资卡啊什么的，都被我否了，她就让我想。但我能想出什么主意呢？而且我为什么要阻止我老头迟来的第二春呢？就为了天天操姜双丽吗？

第二天吃过早饭，我们去了一趟银滩和老街。银滩也没什么好看的，乌泱泱的到处都是人，而且到处都能听到一些男女操着满嘴的东北口音，看来不单单是三亚、海口，北海也被东北人占领了。老街也就那样吧，一些并不那么旧也没那么好看的骑楼房子都改成了临街商铺，卖些地方小吃和到处都能买到的旅游纪念品什么的。倒是老街上的雕塑还挺富有中国特色，那些古铜色裸女的奶子、屁股和大腿部位的黑漆都被摸脱了一层，泛着一层晶亮的铜光。在一个当街撅着屁股低着头在小河边做洗头状的裸女雕塑前，我跟姜双丽说，快看快看，这像不像你，这姿势像不像你？她笑骂着说，讨厌，像你，像你个狗日的！你还嘴硬，我叫你嘴硬，我走到那两瓣被摸得格外晶亮的屁股前，狠狠地各拍了一巴掌，姜双丽，你还嘴硬，嘴还硬不硬？姜双丽笑着扑过来跟我打闹，流氓，彻头彻尾的流氓，她一边骂一边拉我快走，这里那么多人，你一点也不害臊，作家都是你这样的吗？啊？

从客运港码头坐船到涠洲岛要一个多小时。姜双丽晕船，一上船吃了片晕船药就睡了。看着那排窗户所隔出来的一块块淡蓝色的海水，我一点也找不到海的感觉，也找不到坐船的感觉。几年前我和一帮作家采风时来过一次涠洲岛，那次坐的是渔民的机动船，还不是现在这种能坐几百人的双层客轮。相比之下，坐那种船才称得上坐船，摇晃、颠簸、剧烈的风、一望无际的海水、澄碧透亮的天空，海面与天空的阔大显得人渺小而卑微；而这种客轮让人感觉不到是在坐船，几百人分区对号地坐在座位上，只能从两排脏不拉叽的玻璃窗望到一小块一小块的海水，甲板上也不能去，除了船体通过座位传来的一波波频率固定的浮沉之外，真的就像坐在一间靠海的教室里。这样的船取消了海。好在一个多小时不算太久，船靠岸后我和姜双丽随着一船人鱼贯而出，走向那条长长的引桥。这时候大海展露出了它被遮蔽的真相，明净、空阔而辽远，姜双丽举着手机一路跑一路拍。

买票登岛。进了景区大门马上就有一帮晒得黝黑黝黑的矮胖中年妇女围拢过来，要住宿吗？要坐车吗？要坐船吗？叽叽喳喳地好似一群抢食的鸟。我挑了一个看上去有点憨厚的女人，问她去“雅蓝小筑”多少钱。50 块，两个人 50 块。30 块。50 块。30 块。50 块，老板，没多要。就 35 块，不去我找别人了，我冲她摆摆手，做出一副要走的样子。好好好，35 就 35，走吧，憨厚的女人于是开着一辆改装了蓝色顶篷的三轮车载着我们前往那家民宿。天气很好，凉风习习，明亮的阳光撒在路两边郁郁葱葱的热带树木和植物宽大的叶片上并在其背部透出一块块绿亮绿亮的那种明亮，大片大片的香蕉树上挂着一串串半人高的、密密麻麻的香蕉串。姜双丽是第一次来这儿，看到什么都觉得新鲜，几次要憨厚的女人停车让她拍照，其表现非常像一个从没出过远门的游客。我给她普及了一些涠洲岛的基本信息——一大部分来自于昨晚浏览百度百科时的记忆，她马上就不怀好意地笑着问，你怎么知道的？你来过？我当然来过，几年前就来过。跟谁来的？肯定是一个女的。嗨，跟一帮大老爷们儿好不好，我们是来采风的。鬼才信，肯定是跟一个女的，你说，是不是跟一个女的来的？除了一个从没出过远门的游客，看来姜双丽还把自己当成了我临时的老婆，并吃起了自己臆想出来的醋。

“雅蓝小筑”在岛上一角，下面是一片沙质优益的沙滩，涨潮时两边通过来的路就被封住了，就成了一片私家海滩。我选择这里的原因正基于此，幽静隐蔽，靠山面海，风景绝佳，正是一个打野战的好地方，但现在看来这片好战场注定要浪费了。一住下来，姜双丽就说要出去转转，我就陪她出去转转，五彩滩、石螺口、滴水丹屏、灯塔、贝壳沙滩等，我们把几个不远的景点跑了一遍。傍晚我们来到一片停泊着几艘渔船的沙滩，几个渔民止在贩鱼卖虾，有乌贼、鳗鱼、气泡鱼、鳕鱼、鲱鱼、毛鳞鱼，价格十分便宜。越沉越低也越沉越大的夕阳挂在海上，给海水镀上了一层闪着金光的鳞片，几艘小船出入其上。太美了，我要死了，这是我第一次见到这么美的海和夕阳，姜双丽光着脚喊。她现在不拍照了，拍照的人换成了我，她要做那么美的海和那么美的夕阳中最美的那个女人。

沙滩上的外沿位置到处都是被海水冲上来的乳白色和暗红色的破碎珊瑚，踩上去叮当作响，姜双丽一路上捡了很多枝节和形状比较完整的，都装在她那个硕大无比的棉质手袋里，说回去了可以用来做软装设计的点缀。我们一路捡一路拍照，直到来到一片漂亮的绿色礁石滩前，我上次没来这里，可能正因为没来过，所以现在才觉得它格外漂亮——人大概都是这样。那里游人很少，准确地说，除了我们俩只有一对老年夫妇，男的在七十岁上下，穿一身摄影师常穿的那种绿马甲，女的戴一顶太阳帽，男的用拐杖在沙滩上写字，女的在一旁围观。我和姜双丽好奇地跑过去，对方见我们跑过来，热情地打招呼，我们也礼貌地做了回应。涠洲岛，我们来了，老伴，结婚纪念日快乐，易春，2013 年 8 月 12 日。这就是老头用拐杖在沙滩上写的，易春，应该就是他的名字。我聪明地喊了一声易伯伯好，并朝他夫人笑了一下，祝贺两位老人家，白头偕老啊，我说。小伙子，今天是我们的蓝宝石婚纪念日，谢谢你们，你夫人很漂亮，也祝你们的爱情丰收美满，老头声音非常洪亮。我和姜双丽各自朝他和他的夫人点了点头，算是被迫接受了他们的祝福，并努力装出一脸幸福的样子。

晚上姜双丽要吃海鲜，于是我就带她来吃海鲜。她点了一只龙虾，一只象拔蚌，一条石斑鱼，一份海虫。够了够了，两个人吃不了太多，看她还要翻下一页菜单我连忙插嘴，同时一只手插进裤袋按了按钱包。小气鬼，吃个饭都抠抠索索的。我想好了一句反驳她的话——你怎么不自己花钱——正要说出口时，又想了想，点都点完了，又何必呢。于是就吃饭，我喝啤酒，姜双丽喝可乐，我闷头喝酒，姜双丽呱啦呱啦地说个不停。姜双丽问，你怎么了？我惹你不高兴了？那倒没有，我是想到了那对老夫妻，不知道怎么，我胡乱编了这么个理由。确实很感人，结婚45年了还能在一起，不像我爸妈，我大学还没毕业他们就离婚了。是啊，那你可要向他们好好学习，不是说你爸妈，是说那对老夫妻，祝你和你老公能到钻石婚，起码也是金婚，我碰了一下她的杯子说。你可拉倒吧，我可没那么长远的打算，过一天算一天吧，倒是你和刘述红可以试试，来，祝你们绑在一起沉到海底。

回到房间洗完澡，我就来了兴致，要跟姜双丽干那事儿。例假才来一天，干什么干，要干你自己干自己去，她推开我摸前摸后、摸上摸下的手说。那怎么办？要不你用别的方式？什么方式？你知道,就是我之前跟你说过的那种。滚，我才不呢，脏不脏啊。我努力好几次了，姜双丽确实不愿意那样，她说她有洁癖，而且相当严重。好吧，洁癖，洁癖，狗日的洁癖，我暗骂道。我来到阳台上抽烟，一阵阵海浪声从暗蓝色的夜幕中传过来，机械、单调而不乏动听，辽阔无际的湛蓝色海水完全隐入了铺天盖地的夜色，就像是完全消失了，只剩下星星点点的灯火浮漂在远处。老爸的电话是在我点上第二根烟时打来的，喂，松啊，在南宁呢？跟你说，我准备跟你刘阿姨在一起了，领证不领证的就无所谓了，住在一起就行。啊，老爸，怎么那么急呢？这还急？你妈死了那么多年我也没急，这不是急不急的事儿，我们都年纪那么大了，能多在一起一天是一天。你说的也是，我完全能够理解，但是老爸，你先别忙，等回去了我们商量商量。商量个屁商量，就这么定了，挂了。

姜双丽也在房间里打电话，见我进来她做了个嘘的手势。妈，我跟你说，这不行，你那破房子不能住了，你俩也不合适，什么？出去租房子？那更不行，我电话里跟你说不清楚，回去再说，反正就是不行，先这样吧！我装作什么事都没发生的样子，在大床属于我的那一侧躺下，玩手机。姜双丽敲了敲床，我没理她，她把脚丫子伸过来并一直伸到我鼻孔前。你妈的，搞什么搞？跟你说正经事呢，理也不理。什么事？我妈刚才说真要跟你老头子好了，要出去租房子呢，怎么办？好了就好了呗，租房子就租房子呗，想怎么样就怎么样，我不管了。你不为你老头着想我还要为我妈着想呢，告诉你，这还不是钱不钱的事儿，也不是住哪儿的事儿，都六十多岁了还折腾什么啊，他们不怕人说闲话我还怕呢。谁说闲话就让谁说去,爱怎么着怎么着吧！我穿上衣服，把门一摔就去了海边，同时把双丽那个逼样子也关在了房间里。那片私家海滩上、那片上好的战场上一片漆黑，孤独而通红的上弦月挂在右前方遥远的夜幕，我想起了姜双丽所说的“闲话”。老爸续弦我不是没想过，但那都是在不可能实现的情况下想的，现在真要发生了，还真让人难以面对，面子上的确也挂不住，然而一想到我老头那勃发的第二春，那一顶乌亮的黑发和一身讲究的衣着，我就又觉得于心不忍。

第二天睡到中午才起来，一起来我就觉得不对劲，姜双丽的脸变长了，就像马脸那么长。她在生气，因为生气所以她不理我，并对我提出的先坐船去看“猪仔岭”和“鳄鱼嘴”然后去潜水或者海洋博物馆的提议置之不理。在酒店餐厅各自默不作声地吃完一碗海鲜面，她发话了，今天就自由活动吧，你玩你的，我玩我的。怎么了？没怎么！没怎么是怎么了？没怎么就是没怎么！那好吧，随你，你想怎么玩就怎么玩。姜双丽出去后，我回房间看电视，看了一集《西游记》之“三打白骨精”，玩了七局斗地主，叫了四回并输了四回，输到第四回时我觉得挺无聊挺傻逼的，那么好的海、岛、天气，那么贵的机票，我却躲在房间里玩这种弱智游戏。我决定到上次没去的那个叫“盛塘”的小村子看看。

摩的小哥一路风驰电掣，只用五分钟就把我送到了盛塘村口。攻略上说这里有一座有100多年历史的天主教堂，是一帮传教士用珊瑚沉积岩花了10年工夫建成的，被誉为晚清四大天主教堂之一。村里人很少，路上所见以老人、儿童和脸上黑里透红的妇女居多，路两边是内地已很少见到的低矮砖房，偶尔有几间装修得清幽雅致的小店，因为与周遭差别巨大，不禁让我想起那种从大城市逃到山里开客栈或做手工艺品的文青来。我放慢脚步，不时朝门帘里张望一眼，想看看是否真有一两个穿纯棉服饰、缠着手串、脸颊两侧分别写着“文”和“艺”两个大字的男女冒出来，但并没有。到了教堂，我也不能免俗地领略了一番它罗马式尖塔“向天一击”的动势和置身其中时“天国神秘”的幻觉，虽然我并未能感受出什么动势和幻觉。出来后我坐在教堂对面那棵巨大的榕树下抽烟，一个佝偻得上半身和下半身呈直角的老太太坐在距离我五米开外的地方，一只土狗趴在她背后榕树发达的根须堆里睡觉，并将下巴安详地贴在水泥台子上她的右手边——这将是我在这个小岛上见到的最难忘的一幕。

这两年，新闻里老说这里的火山又喷发了那里的火山又喷发了，我还没见过火山喷发，在明天一早离开涠洲岛前我想碰碰运气，看看这座由火山喷发堆凝而成的小岛——这座中国最大也最年轻的火山岛——还会不会喷发以及为什么还不喷发。从盛塘村出来，我无视了一个大老远就喊我坐摩的的中年男子，一路步行来到火山地质公园门口，我掏出那张皱皱巴巴、已被汗湿了三分之二的通票递给胖乎乎的女检票员，跟着一队老年游客坐观光车进去了。上山，下山，然后就看到了那一大片熔岩地貌。据说这里最近一次火山喷发是7000年前，那时候岛上的人应该穿着树叶和兽皮，或者光着。火光冲天而起时，他们吓坏了，甚至吓得尿了裤子（尿湿的只能是兽皮和树叶），他们惊慌失措、如鸟兽散，有的被烧死了，有的被淹死了，侥幸存活下来的蛰伏多日，再回来时却发现海滩上堆着许多死鱼，有的竟然烫熟了，于是他们在悲伤之余享用了一番美味，从此知道了熟的比生的好吃。7000年后，我来了，我看到的是水与火相克相融之后又被7000年作用的结果，是这些火山熔岩、火山灰、火山弹、海蚀崖、海蚀洞和海蚀平台，灾难已经远去，美丽归于眼前。我沿着那条木栈道往灯塔方向走去，游人太多，我不得不闪转腾挪于他们之间，为此还差点掉到海里。有那么一瞬间，我甚至还想到火山会不会马上喷发，如果喷发了，那么我提前掉到海里去将会是多么明智。

我是在刻着“海枯石烂”四个大字的那片礁石上看到姜双丽的。当时她正立于其上，一副远眺大海状，海风吹着她长及脚踝的裙子并吹出了几道深浅不一的褶，这让她宛如一个痴痴等待着丈夫出海归来的贞洁烈女。见到姜双丽后，我并没跑过去找她，而是找了一个隐秘的地方躲了起来，我想看看她会干吗。从那片礁石上下来，她朝我走了过来，但并不是冲我来的，她还没发现我。为了不让她发现，我钻进了一个海蚀洞并在她经过洞口时面朝洞的内侧，这颇有面壁思过的意思。等姜双丽走过去，我钻了出来，跟在她身后几十米的位置，这并不是一个安全距离，但好在有众多游客可以遮挡。她沿着返回的路线，上山，下山，而后走出了地质公园，我也同样如此。姜双丽没坐摩的，也没坐观光车，而是一直沿着那条在夕阳中无比明亮的柏油路步行。在一个拐弯处，姜双丽往我这边望了一下，好在我反应敏捷，在她那张小脸刚转过来一半之际，就闪进了一棵椰子树后，我为自己的身手麻利暗暗叫了一声好。拐过弯后，她的影子被夕阳拉得很细而且很长，头部就落在我前方一米左右，走快一点，我一脚就能踩到她脑袋上去。不过我没踩，虽然我知道踩了她也不会疼。

就这样，我尾随姜双丽走进海鲜市场。在一个头戴斗笠的妇女的摊位上，她买了一条鱼和一些虾子，就提着一只黑色塑料袋出去了，我则连忙把那条刚问完价格、足有两斤多重的石斑鱼丢进水池，从两排摊铺间也走了出去。一手拎塑料袋，一手提挎包，姜双丽就像一个下了班买完菜要赶回去给老公孩子做饭的本地妇女那样走着，但那身游客装束又让她显得比那些本地妇女洋气了许多。走到昨晚吃饭的那家餐馆附近，姜双丽找了一家招牌上闪烁着“加工海鲜”四个霓虹灯大字的餐馆进去了，这说明我不经意间说的那句话起了作用——买海鲜让餐馆加工更划算一些。我在那家餐馆旁边的一个大排档坐下来，点了一碗海鲜面、一盘爆炒花甲和两瓶啤酒。因为没跟着姜双丽进去，也没在能远观到她的一个位子上坐下来，所以她吃的什么喝的什么怎么吃的怎么喝的我也就无从得知——各位见谅。现在，我在这边边吃边喝边吸边等，我知道她一定会从那家餐馆门口走出来，因为她就是从那儿进去的，她并不会从后门溜出去，因为那没必要，而且我们也不是在玩警察抓小偷的游戏。

姜双丽出来时是七点半，天还没黑透，马路上还熙熙攘攘的，那些操着本地或外地口音的人们准备去吃饭或者吃完了饭。姜双丽穿行在他们中间，不时闪避着摩托车、观光车和自行车以及前后左右的行人。路旁是一个巨大的月牙形海湾，里面停泊着大大小小的渔船和游艇，但现在那里黑灯瞎火的，不如白天那么壮观。姜双丽在观景台边停下脚步，对着左手边灯火通明的地方拍了几张照，就拐上了一条小路。小路上人和车都很少，非常幽静，不过小路很短，尽头是一片不大不小的广场，广场上有不少人，广场四周矗立着几根高高的灯杆。姜双丽一边走路一边打电话，打了足足有半小时，她打电话时显得有些烦躁，因为即使隔着几十米，我也能清楚地看到她狠狠踢了一下水泥杆子。

这时广场的人越积越多，他们都是饭后出来遛弯纳凉的，可能也不乏像我和姜双丽这样的游客，但主要应该都是本地人。因为喷水池台阶上那台黑色音箱正在飘出一曲《马背上的萨日朗》，一个中年妇女已经翩翩起舞，她身后一大群跟她差不多年龄和衣着的妇女也随之撒开手脚，当然，穿插其间的还有几个老头儿——无论哪里的广场舞总有那么几个老头儿。但我没想到，姜双丽打完电话也加入了这支队伍，尽管她的年轻、洋气和瘦削让她在那群老太太中十分扎眼，但她节奏感很好，舞步和姿势也都与她们整齐划一。一曲跳完又来了一曲《站在草原望北京》，姜双丽还没停下来的意思。而站在广场暗处的我不知不觉也跟着跳了起来——我也不知道为什么，我想周边一定有人看到了我轻轻挥舞的手臂和小幅迈动的舞步，就像我仿佛也看到了遥远的北方红楼广场上正挥舞着手臂、迈动着舞步的我的老爸韩立刚和姜双丽的老妈刘桂芳。这种挥舞和迈动,发自于本能又契合于音乐,让我领略到了一种前所未有的自由自在,我想说完全不是我在跳,但我又越跳越投入,淋漓尽致地释放着体内集结的一切。我看到它们正在袅袅上升,一点点被头顶的天空和身边的夜色吸收掉了。

万物灭

王若虚

王若虚　中国作协小学生，决定释放自我的未来中年小说家。30岁之前的作品不太想提，推荐大家看《床第之美》《文字帝国·同小姐》《没有书的图书馆》和《尾巴》系列。

那年秋天，大家都误以为杜莎在本校新交了个男朋友。每次晚上9点下课，那个男孩会来接她，两人各骑一辆车，悠悠往北门方向去。时间一久，杜莎知道了风言风语，就让对方在隔壁教学楼门口等着。她经过那里时,男孩缓缓跟上，反而弄得更像偷情了。

那段日子学校里盛传有色狼出没，某院系女生走夜路时惨遭毒手，并被保研云云。校方一如既往地不承认，也不否认，让学生玩猜谜游戏。杜莎迫不得已，只能请燃泽担任护花使者。好在她晚课不多，一个星期就两次。他们骑车离开教学楼群，穿过学校西北角那片从军事角度来看很适合野战部队打埋伏的园林区，在小保安暧昧的眼神中出了北门。这里最有名的是一家廉价旅馆，其次才是金海湾别墅区。

两人走进72号单元的屋门，老龙雷打不动地在餐桌边看着在线电影，左脚必然踩在椅子沿上，当他要解放双手打字聊天时，抽到一半的烟就夹在脚趾缝里，远看像灶香。

老龙每次见他们回来，都问外面冷不冷，尽管他很少出门。燃泽总是说还好，杜莎却会回答挺冷的。

走到二楼，女孩照例道声谢。男生客套两句，继续上楼。确定听到他走进三楼卧室，杜莎才关上自己的房门。

72 号单元的四个租客，杜莎搬来得最晚，时间是 2011 年的 9 月。

她在旅游管理专业念大三,业余写点小说,笔名“粉粉”,发了六七篇言情作品，名气还没大到能让同学来要签名的地步，却急缺作家最基本的安静的写作环境。学校宿舍每晚十点半熄灯，不熄灯的时候，她们那个睡二床的四川女生就和睡三床的辽宁女生吵架，前者胜在感情充沛，后者长于语言功底。自习教室虽然安静，但空气混浊，常年人满为患，写作者最烦的就是被人窥屏。图书馆休息区的环境很雅致，就是小偷比较多，还有女生在桌旁打瞌睡时被流氓青睐，一觉醒来发现头发和后背上有白浊粘液。

杜莎好不容易说服了远在东北的父母和远在上海的男朋友，在金海湾别墅找到了理想的栖息地。天高皇帝远，但欺上瞒下的表面文章还是要做足的，比如跟父母绝口不提保研的传闻，租客的性别比例也被颠倒黑白。她男朋友虽然知道真实的比例，但也是被粉饰过的真相：和她同住二楼的是本校计算机学院毕业的师兄，每天过着朝七晚九的生活，时常睡在公司（其实是一家事业单位的技术后台，很少加班，一回来就玩网游）；住三楼的燃泽也写小说，疑似是个同性恋（其实有女朋友，比杜莎漂亮得多）。

唯独老龙，无论是对父母还是对男友，她都不敢承认此人的存在。

租客们每天起床的顺序是这样的：早上六点半，师兄出门坐公交车上班；七点半，杜莎骑车到学校上课；九点半左右燃泽起床，洗漱，早餐，打开电脑看一会儿韩国女团的MV视频，就开始写小说。

“燃泽”当然是笔名，但他从未用这个笔名发表过任何作品。他每本书都是在小作坊里印刷的，打上各种著名作家的名号，只能在路边的三轮车上或者有色情漫画出租的那种小书店里买到，涉猎的题材包括青春、言情、恐怖、都市、喜剧以及逻辑关系神出鬼没的推理小说，保持着20天出一本书的最快纪录。他写过一本署名成语言的公路题材小说，在风格临摹上过于成功，销量喜人，迫使作家本人不得不在博客里澄清自己没写过这本书。

在写伪书的枪手圈子里，燃泽属于成功人士，别墅三楼这间朝南的卧室就是他的东北老板在2009年出钱帮他租的。该老板师出名门，当年跟过的师父曾一手打造了“金镛”和“古龙”这两大著名武侠品牌。圈内关于燃泽流传最广的传说就是老板租了一整栋别墅给他住，传到后来演变成他买了一栋别墅，还租给了自己的老板。

燃泽从未出面澄清过这个说法。

如果不是晚上要去护送杜莎回来，燃泽可以一星期不出门，三餐全靠外卖。

2012年的时候，手机外卖软件尚不发达，主要还靠打电话。客厅的冰箱上贴满了大学城附近的餐馆外卖单，就差贴到冰箱背面去了。72号曾经住进来过一个大专生，这哥们从不去上课，成天窝在房间打游戏。有一天别墅断网，他心血来潮去学校上课，在教学楼男厕所给手机充电时触电身亡。学校自认倒霉，赔了二十万，这个新闻在大学城传了有一阵子。英年早逝的他留下了这一大摞外卖单，还有一间空房。房东原以为这个房间近期内很难租出去，结果杜莎出现了。

怕惹怒房东招来惩罚性的房租上调，三个租客都对女孩隐瞒了这个历史背景。

燃泽打电话订午饭时，老龙便会伺机而动，适时起床。不是他耳朵尖，而是地理位置得天独厚。

别墅三楼只有一间卧室，隔壁是储物间，老龙就住在这里面。其他房客月租1400，他只要缴一个零头。储物间没有窗户，冬冷夏闷，面积四平米不到，放一张席梦思进去就没剩什么空间了。设计师当初没料到这里会住人，光顾着加强二楼的卧室和卧室之间的隔音效果，为了节约成本三楼墙壁就造得比较薄，燃泽在房间里放个响屁，老龙都能听得分明。

杜莎刚住进来时，就被老龙的居住条件震惊过，悄悄问燃泽这是不是违规出租。燃泽说哪有那么多规矩，这储物间闲着也是闲着，一个月多400块进账，房东高兴还来不及。联排别墅不比普通公寓楼，没有对门邻居监督，物业的人也不会隔三差五上门暗访，只要老龙别闷死在里面，谁会管呢？杜莎感叹，那也太惨了。燃泽说比他惨的人多得是，只不过你没见过而已。

老龙起床后闲踱到燃泽房间，问订饭呢？帮我捎一份吧，老样子。

燃泽便会跟店家追加一大份米饭和一小份炒时蔬，加起来不过四五块钱。老龙当然不至于吃那么少，他总是和燃泽一起吃，燃泽自己点的两荤一素，三分之一进了老龙肚子。吃完饭老龙说你别动，我来收拾。所谓收拾也不过是把餐具饭盒纸巾装进塑料袋，扔到客厅一角的垃圾桶里，但就是给人一种勤劳善良的温暖。

晚饭也是如法炮制。

有时候杜莎下午就没课了，和他们一起吃外卖。老龙看到女孩吃米饭是一粒米一粒米吃的，不禁感叹：贵族啊。

填饱肚子之后，老龙打开电脑，大约五分钟后，餐厅里响起Windows系统的欢迎声。这台台式机是老龙唯一值钱的财产，用的是秦朝的硬件配置，最没自尊心的小偷都不屑于将其盗走，老龙自己管它叫“桌边的卡夫卡”。掏出一盒四块钱的白莲香烟，打开一瓶三块钱的三得利纯生，他可以在“卡夫卡”面前坐一下午。

燃泽第一次得知老龙也是个写作者时，惊讶程度不亚于杜莎看到他的“卧室”。老龙当时拿出一本2008年的《笔迹》杂志11月刊，上面有篇小说《下水道拉链》，作者署名龙二。龙二者，龙也。老龙身份证上的名字就叫樊龙（mang第二声）。燃泽说你父母很有文化啊。老龙说是我自己去公安局改的。

虽然验明真身，那篇小说燃泽却读得如坠云雾，每句句子是看懂的，连在一起就怎么也想不到前后关系。《笔迹》是本名声卓著的青年文学刊物，愿登此文，必有其过人之处，燃泽自认没感受到，是自己水平不足。

除了这部代表作，老龙似乎没有别的丰功伟绩了。他的电脑只有两个程序可以顺利打开：快播和QQ。燃泽从没见他打开过一次TXT，更别说WORD文档。老龙和人聊天时打字速度倒是很快，让燃泽这个写稿快枪手都自愧不如。他瞥过几眼QQ对话框，聊天对象女生居多，老龙聊天艺术高超，正跟人坦白自己住在别墅里，每天睡到自然醒，天天有酒喝，惹得对方无比羡慕。

有一次聊天的女生提出和老龙视频，老龙急火攻心，忘了“卡夫卡”有几斤几两，问燃泽借了个摄像头和耳麦，刚一点视频按钮，电脑当场蓝屏。

遇到断网的日子，老龙就跑到别墅区门口，和保安聊天，一聊两个小时，聊得保安都换班了，他才悻悻离去。偶尔他也去大学里转转，旁听某位超高人气教授的课（杜莎是该教授的迷妹之一），回来后评价说这人就是比普通的中年男子帅气了点，没啥真本事。

72 号全部都是男租客的时候，只有燃泽和老龙关系不错。两人一起吃饭时除了偶尔聊聊文学，还聊日本小电影。老龙说我最近写了部黄色小说自娱自乐，可惜不能给你看，否则就犯法了，传播淫秽作品。燃泽对此半信半疑，不过夜深人静时，他偶尔会听到隔壁储物间发出一声长吟，也不知道老龙是在做噩梦还是做春梦。

二楼的计算机师兄作为一个刚毕业就拥有正式编制和稳定收入的有为青年，对三十而立还不务正业的老龙是最不屑的，见面从不打招呼，私下对燃泽说，储物室那条狗……

老龙不在意别人的目光。他黑黑瘦瘦看着营养不良，头发却长得快，每个月都去别墅区门口的宠物店，花一块钱借个电推子，三下五除二给自己剃个板寸头，再找块门外空地，低头弯腰一阵狂搓，洗剪吹就算完成了。那电推子是给猫狗剃毛用的。后来宠物店老板看不下去，不收钱，还劝他，附近的老头理发店剃头也就三块钱。老龙一摸脑袋，说，嘿嘿。照去不误。

杜莎后来也困惑，老龙这么低消耗地过日子，一个月也要一千多块钱。他不工作，不写稿，没存款，也从不和家里联系，哪来的钱呢？燃泽说你算命那么准，难道算不出来？杜莎说我只能测未来，过去算不出。

杜莎算星盘很有一手，以前住宿舍的时候，隔三差五有人慕名找来，懂行的还会塞点钱。这么一来性质就变了，辅导员接到小报告立刻介入，说你们小姑娘平时玩玩可以，一收钱，就是有偿封建迷信活动，得通报到学院，搞不好要挨处分。其实谁都知道辅导员是附近景区蒲灵山寺的常客，烧香求签捐钱一样不差，被去旅游的学生撞见过好几回。

杜莎胆子小，急流勇退，不再给同学看盘，但耐不住技痒，搬来72号之后给燃泽和老龙看过星盘。结果是三个月内燃泽的事业有所变化，但不知道是好是坏，感情方面有小波动。老龙近期会有金钱方面的好事，感情项一如既往。燃泽心有波澜，想给杜莎小费，女孩坚辞不受，燃泽就点了外卖请她喝奶茶。

老龙丝毫没有给钱的意思（哪怕是表演欲），但三天后果然有个朋友答应借他两千块钱救济生活。老龙对杜大师的神机妙算连连称赞，又觉得给钱太俗，遂决定帮她去要债。

杜莎发文章的刊物里，有一家编辑部位于湖南的青春言情杂志，名字模仿著名的《男生女生》，叫《女生男孩》，选稿门槛低，审稿发稿只要一星期，发稿费可以拖上恒久远。

她大一时在那上面接连发了两篇小说一篇散文，共计26000字，稿费有两千多，拖到现在一分没给。杜莎后来在苦大仇深的作者自发组建的“稿费测纸BBS”上看到了该杂志大名，位列“作者慎投黑名单”的TOP 5。

杜莎胆子小自然也就脸皮薄，问了编辑三次未果，没再继续纠缠。

老龙拿到朋友的借款，翻出自己那台二手的诺基亚

1112（用惯了iPhone4的杜莎不止一次把它当成空调遥控器），重新充值开通，每天给杜莎的责编打三个电话，自称是她堂兄，也不提稿费，只是嘘寒问暖，东拉西扯。头几次编辑还耐着性子和他敷衍，到后来推说要开会匆匆结束，接着变成直接挂断，最后拉进了通话黑名单。

老龙毫不气馁，改打编辑部座机，人家说那个编辑已经离职了，去向未知。老龙说没事儿，那我就跟你聊吧。对方直接挂了电话。老龙再打，对方接起来再挂，如此反复多次，最后那边大概拔了电话线，一直忙音。但工作座机不可能永远拔线，老龙一天七八个电话，早请示晚汇报，每次通话时间短则两秒，长则一分钟，无论对方是破口大骂还是做沉默羔羊，老龙依然故我，编辑部不胜其扰。有一次那边说你再这样我们报警了，老龙说我的地址你记一下，别让警察跑错了。

责编半年来破天荒主动在网上找杜莎，解释编辑部的财政困难。她听从老龙指点，不予理会。第二天早上九点半，老龙的电话准时报到。

一个月后，杜莎的银行卡上收到了1500元稿费，以及责编的QQ留言："以后请不要给我们投稿了，惹不起。"

杜莎想要回应，对方已将其拉黑。

稿费到手，老龙找杜莎报销电话费。燃泽看不过去，说你不是答谢人家帮你看盘吗，怎么又要钱了呢？老龙说这个是工本费，虽然也就两百多块，但杜姑娘肯定能理解我的难处。杜莎赶紧出钱平息麻烦，给了老龙三百整。老龙嘿嘿一笑，说下次请你喝奶茶。

杜莎一直觉得挺对不起老龙。当初她搬出宿舍，老家的父母好说歹说非要来检阅她的新居。去年十一长假，二老登门，杜莎硬着头皮请老龙那几天出去玩，不要待在家里。老龙说我哪儿有钱旅游啊，你放心，我不给你丢人。

于是那天一整天，老龙和他的卡夫卡就在储物间里窝着，上个厕所都像做贼。杜莎父母下厨房给三个房客做了丰盛的晚餐，老龙在楼上吃泡面。等二老离开，计算机师兄回房间，他才下楼，风卷残云般把冰箱里的剩饭剩菜吃个干净，叼着牙签夸奖菜品，说像我娘的手艺，哎，我有四五年没回去了。

此言一出，引起燃泽同是天涯沦落人的感怀，两个人在餐厅里喝了很久的三得利纯生，是把一瓶啤酒当白酒那样一小口一小口咪。没过几天，老龙忽然提出要请燃泽吃饭，在杜莎他们学校的食堂三楼，那个点菜的餐厅。燃泽只是惊讶于老龙何时阔气了起来，对请客地点的诡异没有多想。他到餐厅时老龙已经点好了六个荤菜一个汤，四瓶啤酒。这顿饭吃了一个多小时，双方交流了违背家庭意愿、愤而走上文学道路的酸甜苦辣，啤酒很快喝完，但老龙说什么也不肯再要酒，临走时把剩菜全部打包。经过这顿宴请，他蹭起外卖来就更显得心安理得了。

后来燃泽才知道，那天老龙是在食堂里捡到一张饭卡，一查余额还有四百多块，先在小卖部买了些面包点心，然后才叫他赶紧过来。老龙平时偶尔会去学校食堂吃顿铁板烧（学校食堂比外面便宜很多），现金给学生，学生再用饭卡帮他埋单。这张饭卡在三楼消费过后只剩一百元不到，老龙不肯加酒，就是怕失主已经发现并且去挂失了。

燃泽：这事儿十得……

老龙：嘿嘿，这也是给那孩子一个教训，天下是有免费午餐的，只不过需要别人来埋单。

来72号别墅探班最勤的是燃泽的女朋友，频率是半个月一次。这姑娘在邻省省会的师范大学念书，身高腿长，烫着大波浪，来时均是周末。燃泽卧室的床头朝东，储物室朝西，到了晚上老龙就拿着玻璃杯贴在卧室门上聆听生命大和谐的室内乐演奏。有一回被楼梯上的杜莎逮个正着，要拉他下来，老龙嘘了一声，指指里面，压低声音说，他知道的。

杜莎：瞎说，怎么可能……

老龙神秘一笑道，你还小，不懂男人。

燃泽的女朋友比他小四岁，挺懂男人的，起码懂得如何打击男人，每次看老龙的眼神就像看动物园里的猴子。她最常说的口头禅就是问男朋友，你什么时候像苏穆哲宁那样大获成功啊？那是一个饱受争议的畅销书明星，燃泽写过两本以他之名的伪书，卖得很好。在女友看来，苏穆老师虽然官司缠身，但开公司、办刊物、搞比赛、签作者、拍电影、走秀、上时尚杂志，多点开花，风生水起。每次网上有他的八卦或者娱乐新闻，女友就指着那栋别墅或者那辆宝马问燃泽，你什么时候能买这个呀？燃泽说我写书赚钱只是为了活命，不是为了享受，我还是有文学理想的，和他不一样。

这就落入了女友的另一个陷阱。她念的是中文系，学校又是所 211，正儿八经的学院派，明年还打算申请直研，瞄准的导师是雕龙奖大评委团的成员。燃泽跟她聊文学性，无异于举着长矛刺坦克。每年他生日，女友送的都是书，《在切瑟尔海滩上》《米格尔街》《大教堂》《玫瑰的名字》，如泥牛入海，水花都没有。问他看了多少，都回答：还在看。久而久之，燃泽一讲到文学性或者文学理想，女友连话都不说，只是盈盈地看他。

但她看电影倒是不追求文学性，越是好莱坞大片越是趋之若骛：2009 年《2012》，2010 年《阿凡达》《盗梦空间》，2011 年《加勒比海盗 4》《变形金刚 3》，今年的《泰坦尼克 3D》《复仇者联盟》，一场不落。尤其《阿凡达》引进国内那段时间，全中国人民知道了 iMax 巨幕。燃泽这边唯一有巨幕的盛达影城在市中心，离金海湾别墅直线距离 27 公里，而且 iMax 场的票子还没开售就已经有一群黄牛和影迷虎视眈眈。女友吵着要看巨幕版，说你年纪轻轻，一时半会发不了财拿不了奖，一张电影票都搞不定吗？

燃泽被激得没辙，忽然想起有个进了外企的初中同学就在盛达隔壁的商贸楼上班，赶紧打电话托关系，以一顿火锅相诱。那老同学倒也卖力，午休时饭都没吃，排了一小时队，帮他抢到两张周末的 iMax 场票，就是位置不好，在第二排最最右边，燃泽和女友仰头 50 度看完两个半小时的电影，散场时颈椎酸得要命。女友按着脖子说，早知道还不如买黄牛票，这钱省得不值，我回学校得跟室友再去补一遍。

那天下午燃泽在火车站送走女友（她要回学校复习考试），回到 72 号，老龙的电脑里正好在放歌，布衣乐队的《罗马表》，开篇就是“我的女朋友，她的要求高……”

燃泽打开瓶矿泉水，坐在客厅沙发上听完一曲，说，再放十遍。

在学校食堂三楼吃白食那次，借着酒酣耳热，老龙问过燃泽，这种女朋友还留着干吗？燃泽摇摇头，就是喝酒。

他们当初可不是这种强弱对比。燃泽高中时代就拿了全国青少年文学写作大赛的小说组二等奖，在学校里着实风光过一阵，但除了获奖作品登在优秀参赛文集上，就没别的成果了。高考填志愿时鬼使神差，他从内陆省份考到了沿海的一所海洋科技大学，学海洋生物工程技术，成绩凑凑合合，对专业实在喜欢不起来。每年暑假实习，他们就坐着渔船出海，把渔民打上来的鱼分类、鉴别、拍照，然后买几条回去烧了吃，三天下来骨头都晒黑了。

他在大学里写的那些小说老被退稿，还被冒充编辑的骗子骗走过稿子，用对方的名字发在二流刊物上。这个女朋友当时读高三，在网上找到了他，说特别喜欢他当初发在参赛文集上的文章。常来常往，就谈上了。那时候女友对他有着英雄般的崇拜感，他可以说一不二。

后来燃泽大学毕业，不想找工作，也不想回老家跟着老爹做生意，就走上了写伪书的犯罪道路，对家里号称以写作为生。女友一进大学，见识多了，底气足了，天平就朝她那边飞快地倾斜过去，拽也拽不回来。

老龙问，那你现在还写自己的小说么？

燃泽：写啊，不过别人的东西写多了，自己的东西老是难产。

他一直有个创意，是受《盗梦空间》启发，人们睡觉做梦，有时候做到一半就醒了，然后要么起床，要么接着睡，但往往是进入另一个梦。那么问题来了，原本被打断的梦境怎么办呢？会不会被封存在脑海的某个区域里？那么梦中人物何去何从，情节怎么发展？你从梦中醒来，是现实世界里的你，那未完成的梦中的你是现在清醒的你，还是有可能被剥离出来，和那个梦一起被封存了？这个梦会在何时以何种方式被重新激活？

燃泽：这个小说要是写成长篇，肯定火，我就不用再给老板写伪书了。

老龙听完想了半天，说那些半截子梦真要能都找回来，我连黄色小说都不用写了。

燃泽获奖的那个比赛，其实就是发老龙文章的《笔迹》杂志办的，但燃泽没在上面登过小说，老龙也没参加过比赛，两人算是阴差阳错。

2008 年投稿给《笔迹》那阵子，老龙正在北京一家愿意招收中专生的小报工作，说是编辑，其实就是不停地给三无保健品写软文广告，糊弄有钱又没文化的老年人。后来他号称曾在首都从事新闻媒体工作两年，就是不肯说报纸名字。小说被刊用后，老龙脑子一热，辞了这份“以后生孩子没屁眼”的工作，跑到上海拜访杂志社责编，还去过著名的信缘里小沙龙，据说和一票著名青年作者如朱颜、杜胤尧（燃泽的偶像）、匡薇、陆璃琉（杜莎的偶像）、顾命等人把酒言欢，谈笑风生。杜莎问他有没有签名或者合影，拿出来饱饱眼福，老龙说这事儿俗了，没干。

大概是受那群名人的启发，老龙也不打算继续找工作，转而埋头写作，可是上海的物价不那么友善，银行卡很快山穷水尽。腆着脸问家里要了最后一次钱，他辗转几地，终于来到了这里。

至于他北漂之前的经历，燃泽听了好几次，都是老龙喝醉酒时哭着说出来的：儿时家境一度富裕，但父亲染上毒瘾，戒毒，复吸，戒毒，复吸，最后长期被关在戒毒所。母亲改嫁，生了个女儿是脑瘫，一直郁郁寡欢，五十岁就已白发苍苍。给她打电话，从不问儿子什么时候回来，老龙主动提及，她反问，回来干吗呢？

老龙遂不再打电话回去。这对母子的默契就是，不来电话说明一切安好，来了电话，就是有麻烦。

老龙每天一瓶纯生，但酒量并不好，只要超过三瓶，必醉，喝醉必哭，然后祥林嫂附体。

最惊心动魄那次，老龙大中午去学校食堂吃铁板烧，吃到第二天傍晚也没回来，打电话也没人接。燃泽和杜莎正商量要不要报警，这人一身草叶、摇摇晃晃地出现在别墅门口。原来他路过学校教育超市，有种新品白酒才卖八块钱，却包装精美，立刻买了两瓶。他吃午饭喝了小半瓶，回来时边走边喝，醉醺醺地跑到西北角园林带小解，被土块绊了一跤，直接睡过去了。那地方人迹罕至，没学生经过。时值九月刚开学不久，天气还热着，他睡睡醒醒，醒醒睡睡，晚上没被冻死，就是浑身上下多了三十个蚊子包。

这个插曲现在被他自己骄傲地称为醉卧花丛一日半。

老龙喝醉痛哭，是不分场合和时机的，也不管边上坐的是熟人还是陌生人。杜莎的男朋友第一次来金海湾看她，晚上还请他们几个租客吃饭，“答谢大家对莎莎的照顾”。其时计算机师兄恰好去外地参加培训，只有燃泽一个人的话不太妥，老龙就以来看望他的远房表哥的身份出现。

饭桌上老龙胡吃海塞，与杜莎男友频频碰杯，早把来之前说好的清规戒律抛诸脑后，杜莎一直在桌子底下碰老龙的脚，老龙索性脱了鞋，盘腿坐着。坐她对面的燃泽没办法，只好舍生取义，主动向男友敬酒，让老龙先歇会儿。但杜莎的男友酒量很好，越喝越有兴致。

这个男朋友是杜莎的高中师兄，大她两岁，大专毕业后在上海的一家国际物流公司上班，平时非常忙。杜莎父母对他一直不太满意，在他们概念里物流不是送快递就是跑长途货车，没出息。上次来72号视察，他们倒是对二楼的计算机师兄青眼有加，觉得人家端着体制内的铁饭碗，爹妈又在银行和中学上班——杜莎刚把他们送到别墅区大门口，二老就急不可耐地问，二楼的小伙子有对象了吗？

与之相反，杜莎男友老家说是小镇，其实还是务农居多，父母是特别淳朴的那种类型，在他们的教育下，男友的性观念就是，婚前不要上床，结了婚拼命造，要小孩，一定要小孩，最好是男的。他们家二姨倒是个十三点，第一次见面把她从头到脚扫描个遍，说这女娃腰细屁股小，生不出儿子。即便如此，杜莎每次去他老家玩，都得带一火车的农副产品回来，是二老的一片心意。

后来杜莎这样回答过老龙关于“为什么女孩子都爱看这种不切实际的小言情”的问题：因为都不想面对现实世界

里太切实际的鸡糟事。

酒足饭饱，老龙不出意料地喝醉了，倒在杜莎男友怀里哇哇哭，诉说悲惨家庭，倒是没有暴露自己的租客身份。两个男的一路搀着他走回别墅，杜莎一开客厅灯，灯光跳了几下，灭了，电冰箱也暗了。燃泽看看其他别墅，还万家灯火，说我们这里线路又坏了。

正要打物业电话，老龙一拍他手机，说这种事儿。然后直接往配电间走去，让燃泽用手机给他照亮。过了三五分钟，电来了，老龙歪歪扭扭走回客厅，说老子在中专学的就是电工，以前租房都是自己偷电。

说完往沙发上一横，沉沉睡去。

这顿饭下来，杜莎男友对老龙颇具好感，究其根源说不清是钦佩还是怜悯。倒是燃泽，他是充满戒备的。这也怪老龙，饭桌上说了燃泽晚上护送杜莎放晚课回来的事情。

杜莎说你别瞎想，是我主动找他帮忙的，一件小事情而已。

男友说你觉得是小事，人家未必这么以为，不然他表哥怎么会知道呢？还不是他主动说的？

杜莎：告诉了又怎么了？你们男人间难道只能聊足球和AV，不能聊点别的？男友：算了，你……你不懂男人。

这晚两人同床共枕，但睡得很素，符合男友一贯以来的政策方针。关灯十分钟后，男友把手轻轻放在她臂膀上，说，在外面体验一段时间，还是回学校住吧，安全，放心，以后你来上海，我们租个两室一厅，有间书房，你可以安心写东西。

杜莎侧身睡的，背对男友，没回，假装已经睡着了。

回溯以前，他可不是这样的。杜莎刚进大学，去参加校学生会招新面试，宣传部有个副部长特别照顾她，结果发现人家招她进来只是为了泡她，愤而退部。在电话里告诉男友，男友只是哈哈大笑，说，这证明我们莎莎有魅力。但自从他毕业工作之后，这种没心没肺的心态消失不见了，看问题想问题总能从出其不意的角度找到一些端倪，无论是杜莎的寝室琐碎还是和仕课老师的人际关系，他听完都要分析一圈，口头禅是“那你就要小心了”，然后补上一句“世道艰险啊莎莎”。

那一刻，杜莎觉得像是在跟父母打电话。

老龙从2010年住进金海湾别墅，一分钱没赚，完全靠举债度日。老同学、前同事、远近亲戚、天真网友甚至包括《笔迹》责编，都成了他的债权人。最后借到山穷水尽，自绝于人民，实在是一分钱都借不出来。老龙向燃泽赊了几天的青菜钱,啤酒也断了,眼看着2012年还有一个月就要翻页，又该付房租了，他咬咬牙问，厨房里菜刀还在吗？我得出去打劫小学生了。

燃泽想着授人以鱼不如授人以渔，问他要不要帮东北老板写伪书，虽然不正当，但能赚点钱周转，最起码能把明年一季度房租给付了。老龙犹豫了半晌，答应了，不过眼下有吃饭喝酒的燃眉之急，还是向燃泽借了五百的头寸。二楼师兄知道此事，悄悄告诫燃泽，你会后悔的。燃泽说我其实也不指望他还钱。

老龙接活才一个星期，东北老板就怒气冲冲打电话给燃泽，说你朋友是不是他妈的脑子有坑啊？

这个老板不只做类型小说，老龙第一次和他电话里聊，说酷爱纯文学，老板就给了他一个散文大家穆怀恩的活儿，15万字，如果写不过来，允许网上找文章七拼八凑，总之两个月交稿。过几天拿到头两篇一看，说这不是穆怀恩的文风啊。老龙说穆怀恩写得不好，我更喜欢王了一的散文，这是他的风格。老板搜了下王了一的信息，正版书最高销售纪录不过七万册，还是80年代的事儿，气得吐血，说谁要出他的书，你给我写穆怀恩的！老龙不卑不亢，说现在的读者水平太差了，我们有责任提高他们的审美。遂不管不顾，继续把王氏风格的文章往对方邮箱里发。

老板在电话里跟燃泽抱怨完，说你怎么给我介绍了这么个傻逼，告诉他，一分钱都别想拿到。

但在老龙这里，此事被定性为黑心老板拖欠稿费，反过来苦口婆心劝燃泽，这种老板没有眼力见，也没有追求，肯定混不下去，他应该早点跳下贼船，回头是岸。

燃泽总算明白二楼师兄的意思了，不是后悔借钱，是后悔介绍活儿。

可能是看在他的面子上，老龙没有对东北老板采取对付《女生男孩》编辑部那样的电话轰炸攻势，再说了人家根本没有出版这本伪书。燃泽表达情绪的方式也很简单，每天订午饭和晚饭都跑到39号门口打电话。老龙好几次没有蹭到食，自己打电话要米饭和炒蔬菜，人家直接回绝生意，说点太少了，不送。

从此客厅里多了一大箱袋装方便面。

搞冷战这块，杜莎也没闲着。

《梦幻少年》杂志2012年10月刊发了她一篇新小说，本打算请租客们吃饭，老龙赶紧盘算去哪家馆子，燃泽问写的什么，给我看看吧。拿来一看脸色就不对了，说这不是我告诉过你的那个梦境的创意吗？杜莎说我当初听了觉得挺有意思，就借着你的背景设定，改了改主题，另外写了个言情故事，你不会介意吧？

燃泽：……你该跟我提前说一声。

杜莎：现在也不晚吧？其实就是顺着你的思路，我做了下改动，完全走爱情路线，和你的大作不冲突的。

燃泽半天没回答，把杂志往茶几上一放，问，要是别人看到了这个创意的含金量，写了个和我一样的长篇怎么办？

女孩一时语塞。《梦幻少年》是国内数得上名号的类型杂志，读者甚众，鱼龙混杂，说不准真会有人这么干。她当初光想着要在《梦幻少年》上发表，写稿时也是小心翼翼避开了燃泽的主线构架，就是没想到这一点。

燃泽：我的长篇小说才写了两万字，还在不停斟酌，要是遇到那种快手，两个月就能完成，到时候我的书就算出版，也变成抄袭的了。

老龙一见气氛不对，立刻打圆场，说小姑娘也不是故意的，这次就算了吧，这样，小杜，你晚上请我们吃顿大餐，补偿一下……燃泽说我吃不下，你们去吧。转身就往楼上走。

这顿饭自然没有吃成。杜莎问老龙怎么办，老龙说过段日子就好啦，哪天我做东，你出钱，请他喝顿酒，诚恳道个歉，就算翻篇儿了，女孩子嘛，他不可能一直记仇。

结果没过半个月，老龙就和燃泽闹僵了，大家各吃各的。

有次计算机师兄六年来头一回中福利彩票，虽然只有四百块，心情却格外好，买了夜宵带回72号，招呼大家下来吃，应者寥寥，只有“储物间的狗”笑嘻嘻地端起了炒花甲和烤冷面，说不用叫了，现在是三国演义，王不见王。师兄无奈地把余下的烧烤串都给了对方，庆幸自己长期以来的光荣孤立政策十分明智。

房东来下通牒那天，正好是2012年12月12日，网上还在炒“要爱日”的概念,对租客们来说却无异于一场地震。

房东那个年近三十的儿子终于要结婚了，这栋别墅将要做婚房使用，明年一过完年就开始装修。他补给每人两个月房租，还提前发了几包喜糖，限定他们最晚1月份搬出。

情绪最稳定的是计算机师兄，他本来就家在本地，只是为了上班近才租在这里。他跟家里打电话说了下，就决定搬回去和父母住，家里人答应给他买辆车代步，价格不低于20万。师兄觉得这是因祸得福。

燃泽的东北老板办事迅速，帮他在金海湾19号又租了个二楼朝北的卧室，从72号走过去不要三分钟，搬家时雇辆三轮车就行。19号另外两个租客是广告公司设计师，上班时间朝十晚无限，养了只形同虚设的宠物猫，不会有人来蹭饭，也没人来听他的伟大创意了。

老龙托中介问了一圈，别墅区没有别的房东愿意出租储物间，只有44号有个闲置的半地下停车库。老龙说地下室就免了，我在北京住够了，看来是时候换个地儿了。他正好有个朋友在丽江新开了家客栈，需要人帮忙，老龙愿意不要工资去干活(其实是变相还债),那边只包吃住。燃泽判断，那边的朋友迟早也会后悔。

只有杜莎面临着重大抉择。父母和男友始终是希望她搬回学校住的，之前她还能以一整年房租都付掉了为理由赖在72号不走，现在根据地没了，她要是另寻地方租住，就是公然跟他们对着干了。弄得不好，父母会断绝经济援助。男朋友之前的担忧也是正确的：她慢慢习惯了这种无拘无束的日子，一个人住一个房间的生活，和租客们关系好时谈笑风生，不好时龟缩门内，不用在方寸之间看谁的脸色，顾忌谁的情绪，逢场作戏，隐忍不发，大不了关起门来，偏安一隅。

学校南门外的老式新村有间一门关的一室户出租，厨卫俱全，铁门牢靠，虽然才35平米，但对想要尝试独居生活的女孩来说可谓广阔天地，大有可为。杜莎跟着房屋中介去看过，心痒得很，但迟迟没有下手。

男朋友曾经开玩笑说，真怕你一个人住惯了，以后都不想跟我结婚了，那时候我非跳黄浦江不可。

搬迁令下达一个多星期后，除了杜莎，众人安顿停当。

师兄已经搬回父母家。燃泽在19号和72号之间两头跑，蚂蚁搬家一点点运，连三轮车都省了。老龙买好了圣诞节出发的火车票，30个小时的硬座，那箱方便面还有用武之地。他所有的行李不过一个麻袋，唯独电脑成了一块心病，因为没有人愿意买走。回收电器的小哥劝他再放个三十年，可以连同诺基亚1112一起当文物拍卖。但他也占了便宜，二楼师兄撤走后，他总算可以睡几天真正的床而不必打地铺。

这天晚上，老龙正在二楼房间上网，跟朋友说自己要去云南开客栈，欢迎大家来玩，食宿全免。牛皮吹太大，电脑屏幕和灯一下子灭了，空调暖气也不响了，整栋别墅陷入漆黑。

三人走出房门，隔黑喊话，说停电了？又停电了。过了会儿杜莎拿了两支胖胖的香薰蜡烛出来，分给老龙一支。老龙心领神会，举着蜡烛往配电室走，过了漫长的十分钟，他一脸懊丧地回来，说不管用了，得找房东，让他找人来修。电话打完，三个租客围着餐桌而坐，烛光温馨，但没有晚餐，没有红酒，也没有网。

片刻沉默后老龙问，打牌吗？三人斗地主。

燃泽说算了吧，聊聊天也挺好，再过几天，大家各奔天涯了。

杜莎听了，放下手机，但不知道聊什么。老龙破例拿出今天第二瓶三得利纯生，也不用杯子，让燃泽先喝一口，然后自己灌下小半瓶，说房东到时候得好好弄下电路了，婚房老停电，不吉利。哎，真是有个好爹啊，房子车子不用操心，三十岁玩够了就相亲结婚。

其实燃泽也可以过这样的生活，他家里条件不错，父亲做生意小有成就，如果弃暗投明回老家，车子房子也是现成的，老龙请吃饭那次，燃泽都跟他交代过。老龙当时评价：你是个异数。

杜莎有机会开口：相亲太可怕了，真的。

燃泽：你相过？你不是有男朋友吗？

杜莎说可我爸妈不满意啊。老龙有着从未谈过恋爱的人特有的那种勇气，说你满意不就行了，又不是你爸妈跟他结婚。但杜莎满意吗？她不知道。前几天她有个从职校退学、早早嫁人的初中同学在QQ群里发喜讯，说自己在香港生了一对双胞胎，这已经是她第二次生孩子了。双胞胎在香港出生，有香港户口，不在计划生育限制内。她老公又是少数民族，根据老家那边的政策，头胎生完满八年还可以再生一个，他们打算把政策用足，以后就是一家六口。杜莎的男友得知此事大受启发，激动地说我们以后也去香港生二胎！你是满族，八年后还可以三胎！你快问问你同学，去香港生要做什么准备，大概多少钱？我努力赚钱。

老龙：你这是要当光荣妈妈。

杜莎：可我不想生小孩，我从小就不喜欢小孩。

老龙耸耸肩，又去取出瓶啤酒，遇到燃泽的眼神，说放心，不会哭的，以前是因为想哭，现在没理由了。

燃泽动动嘴唇，没有说话。一楼的电话信号很差，杜莎走到窗户边想给父母打个电话，却说，不对，附近的人家也没开灯，应该是小区都停电了。燃泽说那就要很久了，慢慢等吧。说罢也来到窗边，外面漆黑一片，路灯也哑了，谁家养的狗在狂吠，还有人在喊什么，但听不清。老龙走过来，站在两人身后，问，你们有没有觉得这个场面挺像世界末日的？

如果真是末日，那么今晚的星空倒是挺漂亮。有彗星来撞地球的话，会特别耀眼，备受瞩目，是窗前三个人都达不到的成就。

燃泽看看手机，笑了：今天是 12 月 21 日，电影《2012》你们记得吧？里面说世界毁灭就在今天。

老龙说1999年不是还传2000年就要人类灭亡吗？那时候我还在读高三呢，就盼着赶紧灭亡吧，不用高考了。

杜莎打断道，你们别聊这种话题行吗？她转身去了洗手间。燃泽扭头看看她，说小姑娘这胆子时大时小。老龙没接话，点了支烟，抽两口，道，我爹前些天死了，终于死了。

燃泽：……不回去看看？

老龙：毫无意义。

有辆轿车开过门口小路，短暂的光明过去后，又迎来黑暗。杜莎从洗手间出来，说对了我放歌给你们听吧，我最喜欢的一首歌。她点开手机公放，房间里先响起念咒声，然后才有音乐，悠扬空灵，女歌手声音别致，和香薰蜡烛的味道糅在一起，令人感觉身处别地。

老龙坐回桌旁，说这嗓子很耳熟，很久以前听过——这歌叫什么？

杜莎：《万物生》，好听吧？

对方没有回答，把椅子拉出来但让燃泽坐下。

没有人再开口，三人看着烛光，听着音乐，坐等电力恢复，或者世界末日到来。

出神状态

陈楸帆

科幻翻译奖等国内外奖项,代表作包括《荒潮》《人

生算法》等。

陈楸帆　科幻作家，编剧，翻译，策展人，传茂文化创始人。曾多次获得星云奖、银河奖、世界奇幻科幻翻译奖等国内外奖项,代表作包括《荒潮》《人生算法》等。

有一些事烦扰着你，像是阻止人类历史翻过新的篇章，你知道那一页后面空空荡荡，正如这一夜，地球上最后的夜晚。你决定完成那一件事，给整个文明画上一个完美的句号。

你决定步行去上海图书馆还书。

所以图书馆还在么？你听到的最后的消息是，一群来自五角场的狂野之徒闯进了馆藏室，不，他们并没有抢走任何珍品善本或者一把火烧了，只是被那种巨大的陵墓般的知识等级制度压抑得太久。他们吃了那些书，字面意思。你想象不出《儒门经济长短经》在唾液中咀嚼起来的口感，正如你无法理解为什么会有人热爱所有榴莲味的食物。

至少，自动还书机还在吧。希望那些人没有把它当作零食贩卖机砸了。

你离开蜷居已久的小窝，食物和水都很充裕，人们开始还抢一抢，后来发现已经没有任何意义。没有时间，一切都是虚无。猫咪从睡梦中迷糊惊醒，乱叫一声，看着你，须发间带着不解。你羡慕所有未曾产生自我意识的生物，也许并不包括眼前这只猫，尽管它对于镜中的自己视若无睹，却清楚知道你通过光的反射朝它招手。也许它只是过于骄傲。

弄堂和街道似乎没什么变化，除了堆积如山的垃圾没有人清理，但你并没有闻到预料之中的臭气，或许嗅觉系统也正在崩溃，就像逐格被抹除的记忆。它们都是大脑的一部分，科学家还没来得及研究出两者之间究竟是如何联动的，玛德琳蛋糕，开洋葱油拌面，都不重要了。

你从没搞清自己是什么样的人，想过什么样的生活，就像其他人类一样。

不重要了。

巨大的轰鸣如闪电从你身边倏忽穿过，带起漫天纷飞的垃圾，如格林威治终点盛放的纸花，那是宁可死于肾上腺素击穿心脏的钢铁骑士。

所有的秩序维持者们都消失了，或者说，自我瓦解了。

因为威胁并非来自外部，像那些科幻电影里演的，外星人、陨石、黑洞、地轴颠倒、突如其来的冰川期、瘟疫、灭霸什么的。

不是那样的。最致命的威胁往往来自内部，是组成你的一部分，是你曾经引以为自豪的某种东西，理性、情感、爱、人性什么的。

就像一座冰山，开始融化的往往是海面下的部分，等到空气中开始传出崩裂声时，已经太晚了。

你穿过 iapm 的一层，你不知道自己为什么要这么做，也许那些闪光的门面和品牌曾经如此撩拨你的消费欲望，也许你只是想看一眼 Moncler 门口的海报上，刘勃麟伪装成一座冰山，而极地已经不存在了。

一座巨型的物质主义展览馆，处处透露出人类的自以为是。你踩在玻璃碎片上，望向宇宙飞船般空旷的六层中厅空间，它如黑洞般深邃地回望你，那些记忆中回旋反复的店铺背景音乐鬼魅交织，像是有人在呼唤你的名字。

可你已记不得自己的名字。

你终于感觉到手里的重力，你看到了那本书，你艰难辨认着封面的字——《脑熵：一种神经认知学理论》，你甚至不知道自己为什么会借这样一本书，是为了搞清楚究竟这个世界怎么了吗，还是为了搞清楚自己怎么了。

你从来没有读完它。就像没有读完上一本关于上海的小说《钻石年代》一样，你总以为是手机和网络的错。

现在你知道不是。

手机和网络已经成为了历史，它们永远不能再像过去那样剥夺你的注意力，

而你的注意力就像奶黄包里的馅料，它流流流流流流

流流。

你迫不及待地打开随便一页，你需要证明自己，证明自己还没有完全失去人类的尊严。

自组织临界现象指一个复杂的系统如何通过正常的能量输入而被迫摆脱平衡，一旦到达系统秩序和混乱两个极端之间的一个相对狭窄的过渡地带的临界点，就开始展现有趣的属性:（1）最大数量的“亚稳态”或瞬态稳定状态，（2）对扰动的最大敏感度，以及（3）倾向于在整个系统中传播的级联进程，称为“雪崩”。

你读完了最后一个字，感觉满足，这些符号在你的大脑中无法激起任何有意义的反应，它们像是一只又一只黑色的鸟儿，随机地出现，彼此之间毫无关联，只是撞在一起，跌落一地羽毛。

人类大脑就是这样一个复杂系统。

你从黑色羽毛中抬起头，似乎抓住了点什么。你想起了自己要去的地方。

你离开 iapm，夜空中红色电子广告牌闪烁，暧昧莫名，你的视线被吸引，它们被设计成红色是有意义的。它们闪烁的频率似乎与周围环境的声音同步，你听见了，定时自动广播、风穿过写字楼墙面的破洞、梧桐落叶水分蒸发、管道破裂水漫出地面、无家可归的儿童的哭闹声、不知来自何处的电流静噪……它们落在各自的节拍上，配合得天衣无缝，组成一首无调的乐曲，你毛骨悚然。

它让你毫无抵抗地深陷其中，一秒或是一万年，你已经无法分辨。

你想逃离，你看到了人群。或者是你认为像人群的什么东西。

他们或者它们在襄阳公园开放的步道上，每一个人都像穿错了衣服，别别扭扭地向你走来。这些曾经是退休老阿姨、外卖小哥、健身卡推销员、交通协管大叔、孪生混血儿、写字楼女白领的人形生物，此刻脸上挂着步调一致的笑，那笑仿佛来自 4.22 光年外的半人马座 α 星，充满了无可抵挡的逃避主义魅力。它们朝你伸出手，并不整齐，却比整齐更恐怖，像是同一具巨大而透明躯体上的不同器官，神经冲动从老阿姨传给了外卖小哥，又隔空牵扯了女白领和孪生混血儿，每个人都在前一个人的动作基础上交织延展，如同 Giacomo Balla 的未来主义作品，夜色中孔雀开屏般舞出一道视觉暂留的叠影。

你慌乱地躲避着它们舞动的触手。在它们身体的缝隙与断裂处，你仿佛穿越了沪上开埠一百八十年的时光，老洋房与新大厦，酷面孔与旧口号，快速旋转、拼贴、碰撞、融为一体。

你明白了，它们正在发出邀约。可你不想被纳入。

你还有路要赶，在这人类纪的最后一天。

有什么东西在吸附你的意识，像是冰箱里的活性炭包，透过细密而不可见的孔洞，你残存的自我被削弱，挤压成细长的意大利面，在霓虹光下颤抖扭动，流入某具透明的躯体，它掌管着公园里的所有人，也许还有这座城市。它不想放弃你。

你感到虚弱并且畏惧，如被蛛丝粘困的飞虫，竭力扑打膜质的薄翼，撕扯出更大的伤口，而你曾经珍视的为人的一切，便从这伤口中化为齑粉。

你的口中卷起一阵漩涡，那些被锚定于生命中特定瞬间的味道，逐一从你舌尖浮起，而后消失。摔倒在煤渣跑道上的血锈味、灌入气管的浊绿海水、夏日午后耳后的粘腻汗液、慌乱的初吻、浓缩了无数动植物尸体精华的褐色药汤、刚出锅的卤牛腱，它们之间细腻的差异渐渐褪去，最后变成了一种味道，金属的涩，然后就连这一点涩味也不见了。

世界抖动得更加厉害，像光试图挣脱黑洞，你知道那只是徒劳。

什么东西塞进了你手里。小小的。像颗纽扣。

吞下去。一把声音说。

你照做了，世界的光平静了下来，那些面条被斩断了。

20毫克旃诺，相当于10倍利他林，可以支撑个把小时，也许。

你点点头，就像是理解了词句里的含义。你终于看清了声音的来源，一件过分宽大的黑色帽衫，包裹着小小的身体。你们对峙着，一动不动。

帽衫的阴影中露出一张脸，你辨认出那属于同类，另一种性别，五官比例看起来尚未完全成年。

所以你要去哪里?

你思考着该如何回答。

这药救了我，为了考试，我天天嗑，大概有两个月。似乎不需要答案，那把声音继续迫切表达。也许是害了我也说不定。

那张脸扭曲，露出某种表情，你已经丧失了读解的能力。你的思绪还悬停在那个词上，考试，你本该能从中得到更多的信息，可你不能。

我能看看吗。

你花了好一会儿才意识到对方指的是你手里的书。你犹豫了一会儿，还是递了过去，说，我要去还。

还？给谁？那个人翻到了藏书章和标签。哦，上图，以前我常在那自习。

自习。又一个让你陷入沉思的词语。

你为什么要去还？一切都结束了，认知雪崩，各国重启大脑计划都失败了，也许它们才是触发原因，你知道的吧，噢，也许你不知道。

你长久沉默，路对面开放式健身房里一群赤身裸体的男女机械操练着，你分不清那是真实存在的还是幻觉。

这个路口分往六个方向，交通灯按照既定的程序变红变绿，尽管没有什么能够阻止你前进，可那些灯似乎还是影响了你的行为，就像还书，一种内化的文明遗产，斯金纳的盒子，反抗或者顺从是镜子的两面，你需要这种幻觉。

我明白的，每个人都有自己要做的事情，每颗鸡蛋打碎后都会溅成不同的形状。像它们，就选择把自我交给更大的意识。黑帽衫指了指公园里的人群，它们在追逐着一条流浪狗。也许今夜之后，它们就代表了新的方向。

你摇摇头，感觉有点迷失，那颗纽扣似乎正在失去魔力。你仔细辨认每一个路口，你以为你能记得住。应该把路画在身上的，你有些懊恼。

那条路一直走。

黑帽衫似乎看出你的想法，这是一种了不起的技能，也许今夜之后，这个人会成为新世界的神，只要纽扣还够用，只要纽扣还有用。

也许你是我最后一个能够说话的人了。黑帽衫耸耸肩，脸以另一种方式扭曲了一下。别那么看着我，我不会跟你去的，我有我自己的事情要干。我不知道还能保持清醒多久，在药用完之前，我要完成它。

你看见了那棵树，它那么显眼，而你竟然一直忽视它的存在。巨大的分杈上，挂满了一张张纸，每张纸上都有彩色的图案，你仔细辨认，似乎每一幅图案都想要把你吸进去，让你变得小小的，而那些线条和色块生长出无数的细节，像一个个铺天盖地自成一体的世界。你可以无休止地看下去，似乎找到了打通不同纸片的角度。于是每张纸都变成了一扇窗户，而世界是相通的。

哇。你发出了一个音节,并不知道该如何形容这种感觉。

是,我知道。黑帽衫点点头,似乎对你的反应感到满意。有时候我觉得它们早在人类诞生之前就已经存在，只是借助我的手画了出来。也许在人类之后，还会有其他的，我不知道，生灵？能够看懂。它们能够比我活得更久。

你也点点头，那些好看的纸片几乎要让你忘记了自己原本的目的地。你迫使自己离开了树，离开了黑帽衫，穿过亮着红灯的路口。

城市仍然会活下去。没了人的人工智能也许会更智能。算法需要时间变异，在几兆亿个世代里进化出与自然相匹配的模式。也许地球选择了重启自己，代价便是先关闭一些冗余的程序。

你绕过淮海中路上堆成屏障的损毁车辆，粉红色的泡沫液体漫过路面，一群人跪在周围舔舐着，像非洲草原上依傍水源形成的生物群落。

一名长相甜美的女子模仿着自动导航仪，向右前方然后向右前方，她重复说道，双脚却没有丝毫移动。

你几乎可以穿过楼宇间隔看见燃烧的延安路高架，像一根导火索划破夜空。你只是觉得很美。

纽扣已经完全失效了，你感觉自己飘浮在身体上方三尺，似乎随便来一阵风，你的灵和肉便会分离。你只有努力回想那些绑缚于肉体之中的记忆，快乐总是肤浅，疼痛的羁绊才最深最牢靠。你游历于痛感博物馆，一名女子的身影幽灵般投射在你经过的每一件展品上，如过分聒噪的导游。你随着她往更幽暗的展厅行进，那里收藏着你幼年时对肉体折磨不同程度的探索。你站在走廊尽头紧闭的猩红大门前，女子飘身入内，而你却被拒之门外。你伸手抚摸光滑无孔的门板，手掌却陷入其中，温热黏稠，带着阵阵不安的收缩和战栗，你抽回手，血从门上喷涌而出，卷席你整个身体。

现在你终于知道那个女子是谁了。

某个瞬间你看到了千百年后的上海街头，倾颓的大厦蔓生着巨型蛇状植物，海水漫过你的耻骨，而水底有无数细密黑影如高速公路涌动，你清楚知道那些并不是鱼。

你发现自己依然站在街头，世界变得更加陌生了。你依稀记得自己要前往的地方，那座白色建筑，如共享圣殿般立在马路的对面。

你不知道那是一步之遥还是直到世界尽头。

也许是一回事。

你身旁那尊著名的铜像开始对你开口说话。

它说：

游戏极度发烫，并没有任何神秘、宗教、并不携带的人，甚至慷慨地变成彼此，是世界传递的一块，足以改变个体病毒凝固的美感。*

你问，什么？

它唱了起来：

体验无限远是近乎奇妙。当然，你连自我应该是一个遗憾。都是为了毫无悬念的光临来。你感到梦魇，没有她什么叫自己，只是想为何，这便是现实数学的力量转起，很难丧失后来，改变未来的网站，并能借助仪式的地表，假装藏在那里，只能面对人群。

真正的一个瘤子。*

你放弃了理解，也放弃了追问。如果这是你即将走向分崩离析的自我意识在客观世界的映射，那么你理应期待所有的东西都会开始跟你对话。含义深刻，充满洞见，无法理喻的对话。而事实是，并非所有的事物都会开口。你试图找出规律，但感到力不从心，你也许曾想过要拯救世界，此刻却只剩下悲哀。

很快连悲哀都不会有了。

你一步步走向终点，世界的回响让你分神，它们来自落叶、垃圾桶、台阶上的鸟粪、电线杆上的涂鸦、路灯眩光、城市天际线与云层围成的不规则形状。它们不仅说话，还带着表情，这表情竟比人脸上的扭曲要更传神，你无法解释，只是被万物的情感漩涡包围着。

你的眼眶开始不受控制地涌出液体，世界颤动模糊，一场精心编排的盛大演出伴随你每个细微举动被触发，如齿轮彼此咬合，毫无瑕疵。它们独唱、轮唱、合唱：

狂风充满赤裸的边缘，他隐藏着运动意识中的房间

动画暗下，构成整个生命，薄膜拉开了注意力

你露出黑色眼睛，苍白的皮肤如沉睡般充满床上，数百个闪电，又缓慢地开始一阵厌恶

时间往前走翻转出神被落下，眼前是贴着星空，却不看到自己完全疯狂之地，加入新世界如何自由情感，更确切地说是可以

你再次抬头，把那些不完备上呈现的幻觉。可他离开你，消失在晨曦中。绸缎般包围 *

你在乐声中如君王走上漫长阶梯，手中书本膨胀收缩，发出沉重呼吸。

自动门并没有自动旋转，也没有映出你的影子。你踩着玻璃碎片进入知识的殿堂，这里像是卷过一阵台风，潮湿书页贴在所有目光可及之处，似乎有人在这五层巨大空间中梳理人类文明的谱系。白色顶灯闪烁不定，你站着，等待有人出现，指引迷宫的出口，那些文字已经对你毫无意义。

你发出长啸，声音沿着旋梯叮当撞击，削弱成金属的嗡鸣。

你清楚听到脑中定时装置咔哒归零的一响，在死寂中如此洪亮。

许久，你听到来自外文期刊阅览区、名人手稿馆、文献保护修复陈列室和盲文阅览室的回应，黏稠的、清脆的、非人的，回应。

那台精致的白色机器就站在你的面前，散发着柔和而诱惑的光。由银色金属包裹的入口，尺寸如此光滑紧凑，仿佛只需要把手中的书本插入，便能忘记世间所有关于形而上学的烦恼。它在等着你,这是从宇宙诞生之时便命定的角色。

你面无表情，假装是思考让你做出决定。

书本从你手中无声滑落在地，如一绺发皱的皮肤。

你从机器面前走过，走进黑夜，走进远古，走进新世界。

走进我。

（注：带 * 号楷体部分为 AI 程序通过深度学习作者风格创作而成，未经人工修改。）

随意门，树屋与飞行器

……………

文　珍

文　珍　作家，生于湖南，长于广东，现居北京。出版小说集《夜的女采摘员》《柒》《我们夜里在美术馆谈恋爱》，诗集《鲸鱼破冰》，散文集《三四越界》，台版自选集《气味之城》等。

后来我总是忍不住反复想，到底是不是那个随意门的要求导致悲剧提早发生呢。然而世事总是不容假设的。

我能确认的唯一的事是，我很爱我的父亲。他也爱我。

就算他某一天突然从我的世界里永远消失了，也一样。

而飞行器则是我十八岁那年得到的生日礼物：一个小巧简便如三角翼滑轮的飞行器，平板下还装了三个轮子，轻便稳当。驱动装置在那块并不算厚的平板底下，而这块平板同时也是一个太阳能接收器。然而它最特别的地方在于，有一面银灰色的特制布料可以像一面帆一样立起，又可以如蚕茧一样随时裹成一个蛹型外壳。看上去虽然轻薄，但材质极其特殊，加上造型巧妙，在天空中会像最清晰的镜子一样完美折射四面八方的天色，升至高处时几乎看不到空中有这样一个小巧的飞行工具，而人藏身在这蛹壳中，不但可以防晒，防风，而且因为飞行器几乎完美地和周围的云朵、树丛、天空融为一体，哪怕是在战争状态中也是绝对安全的。而飞行速度同样不容小觑。一旦起飞，茧蛹自动放平，两头都是尖头流线型，就像一个大号的子弹一样自动射出去，速度十分惊人——

比如从北京到南京，一千一百公里。它只需飞一个小时零十分钟，速度远胜现有所有民航和军航。更神奇的，是竟然解决了高速运动对人体的伤害。这也是这个飞行器最让人惊叹的地方。

在此之前，我已经很久很久没有收到过父亲的礼物。作为国内最负盛名最低调因此也最富神秘色彩的科学家，他从我很小的时候起，就一直坚持不定期送给我小朋友易于掌握同时难以抵抗其巨大诱惑的高科技礼物。比如说我十岁时，就送给了我一个可以藏匿于手心的电视机，说是电视机，其实不如说是电视纸，非常精巧的一个小方匣，不过魔方大小，只要能够按照一定顺序依次展开，就可以拼成一面十二寸的 LCD 屏幕，并且最多可以调出四百五十二个台，连 HBO 之类的付费节目都可以收看；倘若不展开呢，每一面则是一个可以单独成像的小屏幕，甚至能同时播放不同电视台的节目。而且，完全是太阳能的。也就是说，不须充电，无须插头，只要不定期放在太阳底下晒晒就能使用。

毋庸置疑，这个魔方电视机让我一度成为我们那个区最受妒忌的小孩，就连隔壁学区的小孩都纷纷跑到我们学校献出最宝贝的事物想和我交换，我却对一切都大摇其头——这也难怪，这个乏善可陈的地球怎么可能会有比魔方电视更有趣的东西呢？尤其是对于一个热爱电视又虚荣心爆棚的小女孩来说……有那么一段时间，我走到哪都紧紧地把这个魔方攥在手里，躲到被窝里看，上课钻到课桌抽屉里看，连上体育课也争分夺秒地站在操场边的树下看……最后的最后，魔方终于以被老师没收告终。

我试着要回，晓之以理，苦苦哀求，说这是我爸爸送我的生日礼物。结果那个嗓门比鞋跟还尖的女老师翻着白眼说：麻烦你爸爸亲自来一趟告诉我，哪个国家的小孩被允许在学校操场上看电视？

我当然不敢转告老爸，这事就此不了了之。虽然我知道这个魔方电视，爸爸也不过仅仅试制成功了唯一一个。毕竟魔方的线路太难拼接了，而这种东西相当于精工手作，绝对是很难被批量生产的。听说后来还有同学抵抗不了这玩意儿的巨大吸引力，企图翻窗户进老师办公室想把它偷到手，而且这样的人远不止一个。然而他们翻遍所有办公室抽屉都没找到，魔方电视最后的下落，永远成了一个谜。时值六年级，我甚至不确定那女老师到底有没有把它带回家去和会不会用，就糊里糊涂地从小学毕业了。

从此我再也没有见过这个老师。

幸好爸爸再也没问起魔方的下落。他总是如此慷慨又如此粗心，无论制造过程多么困难，送出后转头就忘记了它们。他喜欢的，永远都是研发过程，以及看我收礼物那一刻的欢呼雀跃。他从不上电视。不接受采访。不申请专利。在研究院工作只为养家糊口。唯一的私人爱好，不过就是给不断长大的女儿制造玩具。

他从来不对我说我爱你，就像他也从来不对我母亲说这句话一样。

在我八岁生日时，他还送给过我一个可以自动充氦气的气球，在接口处有一个小小的气体发生装置，只要气球内氦气压低于一定阈值，就会自动充起气来。他的本意大概是让我能借助这个飘浮的气球四处漫游，然而因为充气装置过于沉重，他不得不做一个超大的气球才能够让浮力略大于往下坠的重力，结果这浮力对于一个小女孩似乎又太大了一点，一阵微风就能把气球连人整个带到半空中。

因此，我们那个街区整整一年多时间最经常看到的景象，就是一个小孩拼命抓着一个有时姜黄有时粉红有时天蓝有时薄荷绿——是的，这个气球的设计趣味之一，就是表皮会根据外面温度和湿度的变化变色——的氦气球，悬在半空的两条短腿拼命地蹬着，飘飘荡荡地掠过那些人行道、灌木丛，甚至有一次飘过了城市的主干道，只差半米就会被一辆疾驰而来的送货大卡车迎头撞个正着。

可以想象，我妈妈对这个危险装置的痛恨程度——因此当有一天早上起床，我发现找遍全家再也找不到那个自动充气气球了，并没有感到特别奇怪。它就好像从没存在于这个世界上一样彻底消失了，和那个魔方电视殊途同归。

这次爸爸同样没有追问。如果他知道是妈妈干的，结果大概也一样。他常年对妈妈心怀愧疚，因为他是个每天工作十六个小时的工作狂，因为他即使在家，也几乎一直呆在地下室足不出户，而且从来都不允许我和妈妈下去陪他……他似乎永远有新的发明创造需要鼓捣完成，从这个角度来说，他也的确顾不上关心之前给女儿的馈赠到底去向何方。

说来也怪，他总是送给我各式各样的礼物，却鲜少送给妈妈。他俩的关系，有一点像合租舍友，区别只在于睡在同一个房间，但睡觉的钟点却总是对不太上……也许因为妈妈从来都不曾真正欣赏他那些小而美、充满奇思妙想的厨房发明——自从爸爸送给她的自动烘焙机有一次因操作不当爆炸之后，到现在还有好几块弹射出去的蛋糕焦糊在我家厨房的天花板上死活擦不干净。不知道为什么，妈妈到现在也一直没有重新粉刷厨房的墙壁。或许对于她来说，这些焦痕也是一种小小的，酸楚的，难以言喻的纪念……悲惨离奇之中，仿佛仍有某些值得纪念终生的东西。尤其是后来。一切终于完结之后。

我十六岁生日前夕，爸爸对我说，这次我想送给你一个不太一样的礼物。

据说他在地下室花了差不多半个月时间设计、制造零件，分头组装完毕，甚至有一两晚都没顾得上睡觉，导致妈妈和他大吵了一架。最终谜底揭晓：他送给了我一座活动树屋。

它是一个看上去像手风琴一样大小的匣子：外表仿佛是全金属的，但一层层打开后，就会变成一个可以密封也可以打开一扇门或者窗的小房间，而且因为材质特殊，十分隔热，堪称冬暖夏凉；同时，外壳涂层还有智能仿生功能，会随着环境迅速变成差不多的颜色，树只要高一点，站在地上根本看不出来上面还有间屋子。

我可以背着这手风琴一样的树屋爬到任何合适的树上去，花上半小时把它在树杈上组装完毕——甚至还可以根据场地的大小决定搭建多大的房间——再舒舒服服地躺进去睡觉。

之所以会送给我这样一个礼物，爸爸给我的解释是：他像我这么大的时候，学习压力空前巨大加上青春期逆反，每天最希望得到的就是独处时间，越多越好。鉴于他和妈妈目前并没有钱给我买一套单独的住所，我也无法脱离监护自己出去租房——而我的房间门呢，却又时不时会被我那个情绪过于紧张的母亲一下子推开。她什么都好，唯独毫无隐私意识——关于这一点我和爸爸都深受其害，敢怒不敢言。她对爸爸也是这样，永远随时随地推开地下室的门大喊大叫，不过仅仅只是为了让他赶紧上来吃饭或者给她择一篮子青菜。

她经常显得那样神经过敏，好像我和爸爸都会在一瞬间消失似的。

因此，解决矛盾的唯一途径——爸爸说：就给你一个房子吧。一个树屋。

这大概是爸爸送给我的所有礼物中我最喜欢、也最接近 Dream Gift 的了。它可大可小，轻薄便携，是个随时随地能把我藏匿起来的小小世界。我能背着它去任何地方，只要有树，就可以安居。

还有一个显而易见的好处我故意不曾告诉爸爸：我当然也可以和男孩子在这树屋中约会，不会有任何外人发现或打扰我们。

事实上，我的初吻就失去在这树屋里，甚至包括第一次和男生的亲密关系。高三有那么几个月，我和那个同班男孩每个下午都会借故一前一后离开自习教室，背着手风琴袋子——借口是为毕业晚会练习曲目——走到学校附近的公园里，选定其中一棵最大的栾树，爬上去搭好树屋，再快乐地一起钻进去嬉戏。

我的初恋男友始终对父亲的这个礼物难以置信，进而对各种细节心醉神迷。他说：这真的是你爸爸设计制造的？

这太厉害、太让人惊叹了。你爸爸一定是我们这个区，不，整个城市，甚至全国最聪明的人。他真的每天都在地下室里不出来吗？这些材料都去什么地方采购呢？制造图纸能偷出来吗？这个树屋外墙的金属到底是什么？你爸爸在研究所的课题项目是……在我们相当有限的幽会时间里，他总是忍不住询问太多关于我爸爸的一切，好奇程度之深，甚至极大影响了约会的质量。他有一次捧着我的脸正待吻下去，突然想起了什么似的猛然撒手：你说叔叔给你做树屋的那些天好几晚都没上楼过夜，整夜整夜地待在地下室里？

我这边厢还微颤着睫毛闭着眼，老半天才不情愿地睁开：嗯。

你说，他会不会其实夜里去别的地方了？这个树屋其实是其他人帮忙制造的，他只是过去取一下？

真不知道你每天都在胡思乱想些什么。我情绪陡转直下，不耐烦油然而生：你要是对我爸更感兴趣，以后你就直接找他聊天，别假装和我恋爱问东问西了。

男友说：对不起对不起。我这不也是爱屋及乌么，而且谁让你有一个这么不同凡响的爸爸。怪不得你也比所有姑娘都特别。

真的有多么特别吗？事实上，我和大多数父母关系紧张的家庭里出来的孩子一样，近乎于病态地渴望属于自己的“爱情”。在漫长到几乎以为自己过不去了的青春期，我看够了爸爸把自己锁在地下室整日整夜不出来、妈妈拼命拍铁门撕心裂肺大喊的戏码。有好多次她都气得快到阈值了，但是父亲给自己安装的那扇铁门实在太结实，捶打、踢门乃至于全身心地撞上去都毫无用处。除非报警或者定向爆破，否则只能等父亲从下面如同天外——不，地下来客一样冉冉升起，自顾自地打开门没事人一样走出来。从那个时候起，我就暗自下定决心：这一生宁可不结婚，也不要变成这样一个永远走不进对方世界的怨妇。也可能是这个原因，我对男朋友实在是凶得可以。但十六七岁的小女孩子凶一点和真正的怨妇还是不一样的，他一直对此表现出了足够的忍耐度，尤其在听我说起父母的种种不值得效仿的夫妻之道后。

我爸爸很奇葩是不是？我说：但我妈妈脑洞也很大诶。你知不知道，她好多次都和我说，我发誓你爸爸根本就不在下面。他一定去找别的女人了！你看他有两次回来的衣服都和前晚下去时根本不一样！

作为女儿我当然根本注意不到这种细节。听妈妈说了好几次后我才专门留意了一下，并没有发现有什么问题。可能那一次他偏巧穿对了。更可能的,是妈妈从头到尾记错了。她因为爸爸对她不够好，整个人都变得疑神疑鬼草木皆兵。爸爸怎么可能离开地下室跑去外面呢？他一直把自己反锁在下面，怎么可能从里面打开门走出去而我们却发现不了？那个地下室并没有暗道通往外界，我知道的。

只要一提到爸爸，青春期的我就忍不住抱怨和表达不解。而男朋友有一次也许是听烦了，突然温柔地抱住了我，说：相信我，我永远不会像你爸对你妈那样对你的。只要你肯嫁给我，我一定会让你变成世界上最幸福的妻子。

唉！这话说得太早了。兑现也太漫长。因此虽然动人，却总让人心下疑惑。我假装不耐烦地甩开了他的手，同时，趁机飞快地用手背擦掉了眼角的一滴泪。我爱妈妈，也很爱爸爸，我不是故意说他们坏话的。但是，这样永远逃避家庭责任，或者长期被伴侣无视的人生看上去实在不值得一过。

即便有过这么一次感人告白，然而和大部分初恋一样，这场孩子气的罗曼司在我们各自考上不同大学后无疾而终。而之后很长时间，我都把这个见证一切甜蜜和离散的树屋背在身上，无论去往何地。也许它让我感到安全，甚至比那些正常房屋还安全。因为它是我的爸爸送给我的。因为它可以在任何有大树的地方让我有枝可栖。

即便早恋，也丝毫没有影响我的高考成绩。我比我那个好奇心杀死猫的男友总分整整高了一百分——显然我遗传了爸爸的智商，不必太多，已足够应付高考了。收到录取通知书的周末上午，爸爸很难得地从他的地下室里上来表达庆祝。当天他穿着那件千年不变的蓝色哔叽布工装，头发大概有两天没洗，胡子拉碴，看上去略微邋遢，眼神却依旧明亮得不像一个中年人。那段时间他和妈妈矛盾加剧，总是日以继夜地躲在地下室里不出来，妈妈似乎也彻底失去了和他生活下去的信心，经常在厨房默默垂泪，不断打电话和友人倾诉婚姻困境。可作为女儿，我只能选择装傻。

外面阳光耀目，是一个寻常而又美丽的七月晴天。我永远都记得爸爸出现在地下室门口笑着问我的模样：女儿，很快就是你的生日了，今年你想要什么？

关于这个问题我早已思忖良久，遂不假思索道：随意门。

爸爸问清楚了什么是随意门：不光可以去任何地方，也可以穿越时空。而他的惊愕程度却出乎我意料。他只是顺嘴一问，却不知道我也是开玩笑的：我已经大到开始不满足他用礼物弥补日常缺席的错误，因此存心要出个世纪难题。

但是他接下来的表现却更古怪。他问：宁宁，你是不是……自己去过地下室？

我吓得直摆手：没有没有。爸爸你不是说外人进去容易爆炸？还安了红外线报警装置。

听我说完，爸爸依然凝视我良久。突然间张开双臂：原谅我宁宁。原谅我。

他抱得那么紧，是我长到十八岁以来，印象中被他抱得最紧的一次。

我渐渐在一双箍紧的铁臂中感到强烈的不安。一用劲挣脱，他就松了手：对不起。宁宁。

爸爸从来没有像那天一样和我说过那么多对不起，对不起，对不起。我呆呆地看着他。他最近真的苍老憔悴了许多。明明参加高考的人是我，看上去饱受精神折磨的，却是他。虽然爸爸长久在地下室里忙碌,但内心毕竟是关心我的。我是他的宝贝女儿，不是吗。

之后又过了几天。同样是一个晴好之晨，他从地下室里走上来问：你妈呢？

我说：为了庆祝我被录取，去买菜了。说是今天要做海鲜大餐……

他打断我：还有多久回来？

刚出去，起码得一小时吧。爸爸你饿了吗？我下碗荷包蛋面给你吃？

不饿。他说，我想等你妈妈回来。我有重要的话要对她说。

破天荒地，这次爸爸没再立刻回到地下室，而是坐在厨房里，仔细地打量我。他好像今天一下子才意识到我已长成了一个十八岁的亭亭少女，脸上开始冒出了青春痘，而且，已经到了可以恋爱的年纪了……我被他看得尴尬起来，手机铃声适时响起。是男友打来的——那时候我们还没分手。

第一个我没有接。几秒种后，手机又响。我低头掐掉，觉得自己横亘在父母谈判之间的这场幕间剧实在加得没有必要。但爸爸却视而不见。

年复一年日复一日。我看不出来他有什么话非得今天说，而且是立刻，此时，现在，非说不可。而且母亲不在，他看上去对我似乎也欲言又止。爸爸曾送给我那么多精心制造的礼物，事实上，我们却鲜少有真正意义上的交谈，尤其是像这样两人对坐在饭桌前面面相觑。这样的场合简直有成人礼意味。欧洲电影里，通常发生在夜深人静的深夜，两个盛满了葡萄美酒的高脚杯轻撞，发出梦即将破碎的声音……可那场景通常发生在出问题的夫妻或情人之间。何况现在是大白天。我决定直截了当地问：爸爸，你这些天是不是睡得不太好？

他说：宁宁你怎么知道？

你眼眶都发青了。晚上外面工地的噪音是不是太大？妈说你神经衰弱。

和工地倒关系不大。

交谈断断续续吃力地进行了约一个多小时。妈妈始终没有回来，也许去了别的地方。爸爸每隔几分钟就焦躁不安地看表，咬肌时隐时现，看上去是在做出某项重要决定。也许他要和妈离婚了。思忖至此，我陡然打了个寒战。

爸你到底想对妈说什么——另一句我硬生生地吞回去了：你有别的女人了？转念一想，他没有外遇的时间：除了在研究所，就是在家。

他呆呆地看着我，说：宁宁，如果你有一天发现爸爸其实是一个你完全不认识的人，能不能够原谅爸爸？

我的思路一旦打开就停不下来：老爸，难道是你研究室助理？他不是男的吗？老天，你——

放心，我不是同性恋。他说。

那爸爸在工作上出什么纰漏了？没关系，你的研究领域离药学尚远，应该不容易出人命。

我刚说完冷笑话，就眼睁睁地看着大个子的爸爸在我面前打了个寒噤。

我其实不是个科学家。我……

电话铃适逢其时地响起了第三次。我这次决定接起：中午场的电影不错？好。那一会见。去商场吃饭也行。好。拜。

挂断之后我挑起眉看着爸。时近正午，阳光从窗户的某个角度直射进来，正打在他右脸上，整个人看上去异常疲惫，像个一眨眼就会消失在明亮阳光中的黑斑。

宁宁你去看电影吧。他对我挥挥手。去吧。我在这里等你妈。

那电影的确是我一直想看的。男友的话也足动人心：再有三天就要下映了。

于是我就去了。

看完电影，晚上又在商场新开的日本料理店吃了饭，男友送我回小区，又手拉手溜达了一个多小时，临近十一点才进门。一打开门厅的灯，就看到母亲像件破大衣一样横在沙发上。我一开始都没发现她，看清后吓了一跳。

爸呢？

两行未干的泪痕，在日光灯下反着光。

妈你别吓我，到底怎么了？

她像魂魄被什么抽走了一样，仿佛遇到了最不可思议，也最可怕的事情。很奇怪地，又仿佛尘埃落定，有一种颓丧的安心。直到我开始晃她的肩膀，她才开口：他走了。

爸走了？去哪了？出差吗？

妈妈站起身，径直走向地下室，那身影让我想起根据芥川龙之介原著改编的电影《南京的基督》，一层层走进没有光的所在……与之不同的，男主角是上楼自杀，而母亲是走下父亲的禁地。让我震惊的是，这次门竟然没从里面反锁。

上一次下去，记忆中还是小学的事。那也是爸爸这么多年来第一次也是唯一一次动手打我。我到现在还记得他当时的声色俱厉：会爆炸你懂吗？红外线引发报警系统弄不好就会爆炸！

地下室并不大，才十平方米左右。当时也是因为这个小区的一楼附赠地下室才买的房，据说是爸爸结婚前就买下了的。房间比我想象中暗，狭小，空。基本没什么实验器材，只有一个空门框立在空荡荡的室内。不知怎地，我猛地想起了那天和爸爸开玩笑说起的随意门。书桌上的台灯还开着，一支拧开笔帽的钢笔横在一本笔记本旁边。爸爸一定走得非常慌张，他从来都不是一个会忘记阖上笔帽的人。

妈妈把本子递给了我，眼泪端然地流下来。她一定早下来过了。

翻开第一页，扉页上写着：

给我地球上的女儿宁宁，和亲爱的妻子楚娣：

当你们看到这个笔记本的时候，我已经离开地球了。整整十八年了。（楚娣，你最喜欢的那本现代小说好像就叫做《十八春》。）真要从头解释，才发现根本就说不清楚，是怎样一步步走到如今这样无法控制的局面的呢？好像有什么专门偷时间的怪兽，而我们的第一次相见还如同昨日……

楚娣，还记得那个圣诞节吗？当天北京下了十三年来据说最大的一场雪。我刚来到这个星球不过五天，还不知道该去哪里，该做什么。从法比特星带来的能量丸都快吃完了。红色丸白天服，蓝色丸夜里吃，一片够顶十二个小时。我毫无目的地四处走着，已经知道这种天空落下的水与尘埃的结晶体，在你们这儿叫做“雪”。也看到很多人乐于把许多它们堆成一大一小两个叠加的圆球，管它们叫“雪人”，事实上，这和“人”有什么关系呢？地球人并不长这样。作为一个外来者，我对一切都感到新鲜，感到好奇。

楚娣，在见到你之前，我其实已经遇到很多人了。中间也不乏符合你们地球审美标准的所谓“漂亮”的。按照你们地球人类模板制造的仿真皮囊，自己都尚未适应，更不可能对其他皮囊感兴趣。后来你总问我，自己并不美，矮小，瘦弱，长雀斑，（多么像你爱的另一本书《简·爱》里的描述，）为什么我爱上的人偏偏是你？那是因为，我的标准和其他任何人都不一样。

你是迎面千千万万人中唯一发现我的无助的人。遇到我当天你正好失恋了。大雪纷飞的黄昏中你毫不掩饰脸上的泪痕，失魂落魄地跟在一群人后面过马路，明明是你撞到了我，自己却滑倒在了雪地上。我把你扶起来，同时看清楚了你长满雀斑的脸颊。

几年后我无意中翻看宁宁的科普绘本，说小鸡出壳看到第一个人，就会把他认作母亲。（地球上的，充满感情色彩的小鸡。）楚娣，要知道你之于我也同样如此。第一顿饭，第一次倾谈，我就爱上了你——此处我说的爱，和你们地球人通常形容情感的字，应该是同一个意思。但我有太多的秘密没办法对你说：关于我是法比特星人，关于我必须完成的星外社会学考察任务，以及关于我被组织按照基因配对法则精准找到的合法妻子敏雅……来到地球执行任务前，她刚在机器人协助下生下我们的第二个儿子伟伦。

楚娣，现在才告诉你这一切，你能够原谅我吗？多年来，我就像一个不断东奔西逃的犯人，一直在等待彻底坦白的那天——怀着最深的恐惧，和最大的罪恶感。你是那么热情、那么无保留地爱着我。一个最美的地球女人。

而我到底在做什么？

是的。在这十几年间，我一直在两个星球上，分别当丈夫和父亲。

最可怕的，是这两个星球都认可婚姻制度，虽然缔结的原则完全不同。

从本质上来说，法比特星的婚姻也许比地球更符合达尔文的进化论，基因最好的人才有机会找到同等优质基因的人类恋爱，这样配对生出的孩子才能够保证基因最优化，人种持续进步。我们无须缺乏效率的自由恋爱，只需在不同阶段，抽血取样进入基因库，就可以让电脑找到最适合自己基因的另一半，也就是你们的先贤柏拉图所说的，和半圆人最为契合的另一个半圆。电脑会在五秒钟之后就计算出那唯一优选，真正的命中注定，不可取代。

而地球仍在低等，或者说最原始的恋爱阶段。无数人都有可能和另一个而非“这一个”在一起，永远不会有一台扮演上帝的电脑，告诉你这个世界上最适合你的伴侣是谁。大家都兜兜转转，遇到谁就是谁，将错就错，即便明知不配，仍然凑合着过了悲惨的一生，并自欺欺人地安慰说：一夜夫妻百日恩。不管这个人是谁，只要一起共度过足够时间，到头来就不可取代。

你们地球人总是笃信“缘分”（我理解为一种极为不精确的模糊算法）。然而我迷恋的，也许正在于这将一切不精确强行付诸实现的豁达与勇气。你们让我知道，这个世界上充满了各种人与人相遇的丰富的可能性，远非 1+1 等于 2 那样精准和无趣。

遇到楚娣本身，就是最迷人的爱的公式之一。我毫无抵抗能力，在这崭新的地球算法面前。

感谢上天让你踝骨那天差点骨折。我送你去了最近的医院，同时抄下了你的电话号码。三天之后我又陪你去复查。认识的第五周，我们一起逛了你最爱的市立美术馆，并尝试了你推荐的华夫饼和盆景咖啡。第七周，在一起吃了第四顿饭之后，我终于获准每次约会后都送你回家。第十三周，你终于邀请我回你租住的公寓喝自己做的……棉花糖热可可。也就是在那晚，我第一次战栗着吻到了一个真正的地球女人的嘴唇。它是棉花糖热可可味的，当然。

第三十五周，在和你看了差不多十五部形形色色的地球各地爱情片之后——同时，也感到了某种无声的暗示（或者催促），我终于在一个春夜鼓足勇气向你求婚。

第四十八周，我们领证了……婚房就是我用地球货币买的某知名小区的三居室，你对我的研究员身份也很满意。在你看来，我的条件几近无可挑剔。唯一奇怪的，是竟然一直单身到四十岁。“为什么是我？为什么居然是我？”新婚的第一年，午夜梦回，你总是喃喃发问。也许，作为一个失恋大龄的普通公司白领，遇到像我这样一个……表面光鲜的男人也许是幸运的。我只是说，也许是。

而我早就在地下室安上了我带来的第五维空间褶皱，用宁宁的说法，也就是随意门，或曰时光隧道，诸如此类地球科幻的命名术语。唯一能回到法比特星的方式，就是通过这个褶皱，穿越整整二十八个地外星系，地球时间约莫四十六分钟零三十五秒，就能回到我所来自的五万七千亿光年之外的星球。

在那里，我只是一个完成星际穿越工作正常下班的丈夫。敏雅已经得到了我的两次基因配对，作为一个前途远大的女科学家，她对我的情感刚性需求几乎为零，只是提醒我必须早晚都回到技术部打卡，免得人家认为我乐不思蜀，同时，不管事务多么繁忙，仍必须保证每天和她及儿子一起吃早晚餐，给两个正在发育的男孩树立起生活井然有序的榜样。

因此，在另一侧的世界，我当然就只能扮演一个忙于工作因而忽视家庭的不近情理的工作狂丈夫……楚娣，我不是不知道你在上面砸门。但是，我时常困在九十二分钟的往返交通里。有时，则必须在另一个家中吃早餐或晚餐。

宁宁，你也在读信吗？我这些年给你的礼物其实都是在法比特星上常见的日用品——法比星至少比地球先进三万万年左右。为谨慎起见，我在地球上的研究所不过采用法比特星古生代的科技成果，就已经成了最被看好的新锐院士。而我所有勘测低等文明的任务其实在第二年就完成了，复制了地球大部分典籍，也掌握了九千多种方言。这时我本应该立刻回到法比特星去。但是楚娣，这时我已经和你结婚并生下了宁宁……

这是一个背德的伦理故事，在任何一种星际文明里，我都是一个软弱愚蠢的男人。

楚娣，谢谢你在地球上给我的家，以及给我的爱。你看上去仍然十分年轻，因为我每天都会记得在你的水杯里放少量抗自由基药粉……如果在我离开之后你想再婚，请相信自己比最初我遇到的时候更美。而我亲爱的宁宁，你很快也要进入地球的高等学府了。我一直想有朝一日不必再分裂，那应该是在你考上大学的那天……就算是个法比特星渣男，神经和良心也总有支撑不下去的时候。我年纪大了，身体也越来越无法承受每天九十二分钟的星际旅行了。那个随意门用久了，重金属辐射越来越大。我的地球皮囊用得也太久了，头发掉得越来越多。而我的法比特星积蓄，并不足够再私人定制一个新的老年地球人皮囊。

请原谅我一直不允许你们进入地下室。那个随意门的确是不安全的，操作稍有不当，便很容易迷失在时空的无穷褶皱里。必须竭尽全力凝聚心神，才有可能不在那漫长到让人绝望的四十六分钟里迷路……迷失到另一个，宇宙间尚且无人知道的黑洞里去。

楚娣，考虑到你必须向世人，尤其是熟人们解释我的消失，我特意留下了这个失效的空门框和这封用地球文字书写的信。你可以选择告知或隐瞒所有人这一切。但我想最后提醒你的是，两种宇宙文明互相知道，或许反而会惹来若干不必要的麻烦。

最后的最后。请原谅我。

忘记我。

你的曾经的，H

第二封信是给我的。

宁宁，我最亲爱的女儿。

此刻我真的不知道该对你说什么好。但是，你的出生绝不是一个错误……倘若是错误，你也是我和你的母亲（对不起楚娣，我从自己出发或许武断了）这一生中所能遇到的，制造的，发生的，最美的奇迹。

我永远都不会忘记你刚出生时在空中挥舞的小手小脚。对我第一次微笑的样子。前天早餐共度的一个小时。

你真美，美得不像我这样一个糟糕的父亲生得出来的女儿。

我不是没有想过把你偷偷带回法比特星去。事实上，从你三岁起我就开始这样想。但是我和你母亲偶然配对生理基因未臻完美的你，未必能承受那漫长的四十六分钟的星际旅行。而法比特星的重力和空气密度都和地球截然不同，没有充分训练和准备，贸然前往会有极大的生命危险。

宁宁，因为带不走你，也因为不忍心伤害你的母亲，我曾尽一切努力延长地球上的工作……同时，尽量忍受这痛苦的分裂人生。直到你和我说想要一个随意门……我担心你已经发现爸爸的秘密了。而门内有多少危险，只有我自己清楚。我最大的噩梦就是你不小心踏进门槛，就此坠落进永无穷尽的时间真空。

但我仍然设法让你去往这个可征服的地球上任何想去的地方，拥有最大限度的行动自由。这就是我分期付款买下那个即便在法比特星也仍算昂贵的飞行器的原因。因为机舱内可以自动降维，高速的同时还非常安全。

此后我单方面和公司宣布终止所有在地研究，他们非常意外。上个礼拜，公司派了三个专家过来，试图调查我在这边的行为，我害怕他们无意间伤害你们，在地下室和他们发生了小规模肢体冲突，最后逼他们从另一个时光褶皱离开了……你看到的红光和低频震荡正源于此。我也许会因此失去在法比特星的工作，同时，和敏雅的关系大概也濒临破裂边缘……

为了不继续影响你们的生活，我离开后会永远毁掉地下室的随意门。那只是一个真正的空门框了。

宁宁，也许将来有一天……你会遇到另一个新的随意门。请答应我，一定不要贸然踏入。

因为人生，本来就是一场容易迷路的星际旅行……偶然概率的背后，可能隐藏着巨大的恐怖、痛苦和欢乐。一切都可能发生。但我从未后悔。

真的必须停笔了。我的小甜饼干。

永远爱你的爸爸

放下信，看见那架小小的飞行器就在地下室中央。像一个茧形的银色火箭筒，同时又那么轻，一只手就能提起来。

妈妈的脸惨白如纸。她说：其实，我早就该猜到了……

我轻轻拥住她。不知不觉间，我已经比她高了。同时听见自己嘶哑地说：妈妈，这样你俩都解脱了……

妈妈在我肩膀上痛哭失声，我的眼泪也一滴滴落在她背后。我们哭了很久，就好像父亲真的去了另一个世界一样——本来也是。

初恋男友突如其来的邀约，让我没能陪爸爸到离开的最后一刻。多半出于隐秘的迁怒，我上大一之后不久就设法和他分了手。没过多久他又谈了新的恋爱，可以想象，他将来也一定是个热衷于缔结婚姻和犯下各种偶然错误的男人……接下来很多年，我乘坐飞行器、背着树屋四处晃荡，成为了一个科普旅行专栏作家——因为我的旅行，实在比一般人要简单容易得多。

在非洲大草原，在漠河，在长白山，在神农架大森林，在曾母暗沙岛，在五大湖，在乔戈里峰，在玻利维亚的天空之境……我总是独自前往，就像当时孤身来到地球上的爸爸。见过肤色不同高矮胖瘦各异的无数异性，却始终没有遇到我愿意与之共度一生的那个人……也始终没有遇到过另一个“随意门”。更没有再见过爸爸。

爸爸，那扇门到底在哪？这些年，我一直在练习长大……已经做好一切准备走进去了。真的。

也许是因为长期单身内分泌失调和地球空气持续恶化的缘故，我在三十七岁那年得了乳腺小叶增生，后来又慢慢变成了结节和纤维瘤，在还没有确认是良性还是恶性的那段时间，我有一天心血来潮在许多个科学论坛贴了这么句没头没脑的话。

当然没有得到任何回音。

一个月后，医生割掉了我左边三分之二个乳房，最初走路的时候略有一点重心不稳（爸爸我终于明白你说的基因缺陷了，是的我肉身远远未臻完美）。又努力练习了一段时间，一切又都渐渐恢复了正常。把手放在胸口的时候，仿佛离心脏更近了一点。

四十一岁那年夏天，我正在南开普敦闹市区的某个旅行纪念品市场，嬉笑着在某家古董摊和红头发老板为一个假陶瓷猫头鹰讨价还价时，眼角余光突然掠过了一个似曾相识的身影。我立刻扔下猫头鹰追出去，看到人行道上有一个背影很像记忆中的爸爸的中年男人，已经快要消失在熙熙攘攘的人群中。我用尽力气用中文大叫一声：站住！

男人果然站住了，疑惑地回过头。的确是亚洲人，只是比爸爸年轻很多——也有可能，只是用的黄种人皮囊模具。

你好。他的确会说中文。

你从哪来？

刚从那扇，门里。他一字一句地，用不太熟练的中文夹杂着英文说道。Who are you ?

我说：宁宁。NING，NING……

他说，啊，My name is David。大伟。

你是我的哥哥吗？你知道我的存在吗？你刚刚过来？

他摇摇头。小姐你在说什么？兄弟就是哥哥的意思吗？Brother?

伟伦才是你的名字吧？爸爸后来回你那儿了吗？

大伟说：啊爸爸……这个意思我明白。但我父亲已经不在了。He is gone。

他没回去？我的意思是，他没有回到法比特星？

不知道为什么，我高兴极了，高兴得甚至哭了起来。八月午后英伦的阳光像不要钱的碎金子一样大量抛洒在每一个急匆匆的路人身上，大伟身上，我身上，以及我那失去了三分之二分量的胸脯上。他的面孔实在非常俊朗，身材也格外魁梧，他选择的那个皮囊模板一定非常昂贵。我突然忍不住想：这就是最完美的基因配对的后代吧？因此绝对，完全，永远不会突然出现癌变的可能？

大伟说：认识就是缘分。天气这么热，我请你喝一杯BEER吧。

我没头没脑道：对了，我妈妈改嫁了。后来真的很多人追她。

COOL。我妈妈后来也结了，第二次婚。大伟眯起眼睛。Lady，let’go！

那天我喝了很多很多的酒，多到根本不知道大伟什么时候离开的。如果爸爸最终并没回到法比特星去，那么此刻也许仍淹留于地球某处（但我找遍了几乎所有角落仍然没有找到他），也许正在某颗未知的小行星上游荡。他一定厌倦了到处都一样的婚姻生活、无处不在的家庭责任，以及热情消逝后的道义负担。我很想找到他，告诉他我早原谅了他，还想告诉他，我从未忘记他对我的爱。谢谢他送给我的所有礼物，以及人生教诲。

图书在版编目（CIP）数据

地球上最后的夜晚/《小说界》编辑部编. -- 上海:上海文艺出版社, 2023
(小说界文库. 第二辑)
ISBN 978-7-5321-8541-2
Ⅰ.①地… Ⅱ.①小… Ⅲ.①短篇小说－小说集－中国－当代 Ⅳ.①I247.7
中国版本图书馆CIP数据核字(2023)第027388号

发 行 人：毕　胜
责任编辑：乔晓华 徐晓倩 项斯微
封面设计：人马艺术设计·储平
封面摄影：陈惊雷

书　　名：地球上最后的夜晚
编　　者：《小说界》编辑部
出　　版：上海世纪出版集团　　上海文艺出版社
地　　址：上海市闵行区号景路159弄A座2楼 201101
发　　行：上海文艺出版社发行中心
上海市闵行区号景路159弄A座2楼206室 201101 www.ewen.co
印　　刷：上海盛通时代印刷有限公司
开　　本：1092×787 1/32
印　　张：6
插　　页：2
字　　数：95,000
印　　次：2023年3月第1版 2023年3月第1次印刷
I S B N：978-7-5321-8541-2/I·6731
定　　价：45.00元